KB010583

예가어디지

문학나무 소설선 036

여기가 어디지

1쇄 발행일 | 2014년 11월 11일
2쇄 발행일 | 2015년 12월 08일

지은이 | 최유혜
펴낸이 | 윤영수
펴낸곳 | 문학나무
편집주간 | 황충상

편집실 | 110-809 서울 종로구 동숭4나길 28-1 예일하우스 301호
이메일 | mhnmoo@hanmail.net

출판등록 | 제312-2011-000064호 1991. 1. 5.
주소 | 영업부 | 120-800 서울 서대문구 남가좌동 5-5 지하1층
전화 | 02-302-1250, 팩스 | 02-302-1251
ⓒ 최유혜, 2014

값 12,000원
잘못된 책은 바꾸어 드립니다.
지은이와의 협의로 인지는 생략합니다.
무단 전재 및 복제를 금합니다.
ISBN 979-11-5629-017-9 03810

여기가 어디지

최유혜 소설

문학나무

백지에게

백지 위에 하얀 물감으로 얼굴을 그린다

웃는 얼굴이 다는 아니고
우는 얼굴도 다가 아니다
심각해 보이는 바위의 얼굴에는
이미 꿈을 이룬 충만이 숨겨져 있듯이
앞뒤가 다르지 않은 건 백지뿐이다

나뭇잎도 홀로의 색이 아니다
단순해 보이는 초록잎의 뒷면도

다양한 색을 숨기고 있고
그래서
백지의 꿈은 하얀 종이비행기다

웃는 얼굴에게
우는 얼굴에게
날아가는

2014년 가을
최유혜

차례

사랑을 찾습니다

오로지 '여기서도 당신 생각뿐입니다' 이생에서 내생으로 통하는 문을 여는 생각,
이 소설은 그 생각을 화두로 붙들게 한다.

사랑을 찾습니다

거리주차를 하고 시동을 끄려는 순간 운전석 가까이 라디오에 붙어 있는 전자시계를 보았다.

9시 24분.

휴일 덕에 거리가 한산하여 신호등을 제외하고는 비교적 방해물 없이 잘 달려왔다. 거리주차도 쉬웠고. 경비원이 있어 안전하긴 하지만 빌딩 내 어두운 지하주차장으로 들어가지 않아도 되는 것이 보너스 같다. 자동차에서 막 내려서는데 새소리가 요란스럽다. 나도 모르는 사이 고개를 높이 쳐든다. 까마귀두 마리가 가로수 위를 맴돌며 목청껏 소리치고 있다.

"까악! 까악! 까악! 까악!"

마치 무슨 말인가를 꼭 해야 하는 전달자의 몸짓처럼 점점 더 맹렬하다. 하늘 깊은 곳의 계략을 전해주려는 몸부림일까. 그런 거라면 알려주지 않아도 괜찮아. 땅을 짚고 사는 만큼 각자의 몫이니까. 두렵긴 해도 미리 알고 싶진 않아, 괜찮아. 세상살이, 고까지 것 하면 되잖아.

그때 조깅을 하는 러닝패션의 백인 남자가 바로 앞으로 뛰어간다. 한가롭던 나도 발걸음을 떼기 시작한다.

빌딩 로비에는 대리석 바닥과 하이힐이 만나 일정한 리듬이 울린다. 누구의 발걸음소리도 겹치지 않는다.

901호. 두리두리 결혼상담소.

손에 들려 있던 열쇠뭉치 중 하나를 손잡이에 꼽자 문이 열린다. 실내가 어둡다. 직원보다 먼저 출근하는 일이 없었으므로 이렇게 어두운 사무실은 처음이다. 문 가까운 곳에 부착된 스위치를 가볍게 들어 올리자 천장에 반듯하게 도열해 있는 조명등이 신랑들의 영롱한 눈빛처럼 일제히 깨어난다.

흰색바탕에 곱고 잔잔한 꽃무늬 벽지가 허리쯤의 높이에서 띠를 두르고 있다. 곳곳을 바라보던 눈이 마침내 나의 방 유리벽에 닿는다.

몇 년간의 비밀을 청산하듯 얼마 전 석고벽을 헐어내고 유리칸막이로 실내 공사를 마무리했다. 과감하고 시원스런 변화였다. 나의 방은 물론이고 커플매니저들의 상담실까지 유리칸막이로 꾸몄다. 상담 테이블조차 유리로 특수 제작했다. 한 달간 진행된 밤샘 공사로 마무리된 것이 두 주쯤 되었을까, 아직도 페인트 냄새가 난다.

내 사무실은 직원용과는 사뭇 다르다. 제법 넓은 사무용 유리테이블과 접대용 소파가 있고 한쪽 벽면 전체에는 몬드리안의 수직과 수평의 구성을 이용한 듯한 장식장이 있다. 크고 작은 모양의 문짝이 달렸거나 더러는 칸막이만으로 사용되는 벽장이다. 그 벽장 가운데 부분에는 작은 오디오 시스템이 설치되어 있다. 나는 오디오 가까이 다가가 그 옆에 쌓여 있는 많은 CD들을 매만진다. 오랜 동안의 기록들이다.

오디오 버튼을 살짝 터치하자 고정된 라디오 채널에서 방송이 흘러나온다. 어제 녹화했던 것이 이 시간쯤에 방송된다고 했다. 녹화 내용은 방송국 PD가 늘 복사한 CD를 챙겨주므로 언제든 반복해서 들을 수 있어 놓쳐도 그만이다. 그러나 이왕이면 생방송처럼 듣고 음악도 들으면서 오늘 하루쯤은 편안히 쉬고 싶다.

귀에 익은 광고 멘트와 함께 아침 10시 시보를 알렸다.

"안녕하세요? 좋은 하루의 진행자 이정인, 그리고 손현철 인사드립니다."

여성과 남성 진행자의 인사가 끝나고 여성 진행자의 음성이다.

"먼저 오늘의 날씨부터 알려드리죠. 오늘 저녁 비 올 확률 70퍼센트, 내일은 기세가 약해지다가 금요일까지 간간히 구름, 비 40퍼센트, 토요일은 확 흐리고 50도가 되겠네요. 오늘 낮 기온 63도, 밤 기온 52도로 내려가겠습니다. 청취자 분들 기온차가 심해 독감 조심해야겠네요."

이어 남성 진행자가 돕는다.

"해발 4000피트에는 눈도 올 것 같다고 합니다. 이번 주말엔 스키를 계획하시는 건 어떻겠습니까. 그리고 오늘 저녁은 비가 온다는데요, 아직은 겨울이잖아요, 겨울에 내리는 비는 술 비랍니다. 저녁에 친구들 약속은 어떠세요? 그럼 오늘의 초대석 손님을 모실까요?"

음성이 바뀐다. 여성 진행자다.

"결혼상담소 소장님이신 김유연 선생님을 모시겠습니다. 안녕하세요? 소장님!"

"안녕하세요?"

"소장님은 언제 뵈도 멋있으세요. 거울을 자주 보시나 보죠?"

맑고 고운 여성 진행자의 앳된 음성에 이어 게스트인 내 음성이다.

"아무래도 그렇죠. 거울이 저를 보지 않으니까, 거울에게 자주 다가가는 편이죠. 그래야 거울도 생기가 돌겠죠. 빈집의 거울을 보세요. 티끌도 생기고 맑지가 않잖아요. 거울에게 값비싸고 멋있는 틀을 씌워도 들여다봐주지 않으면 그 우아한 장식도 유령처럼 변해요. 거울과 사람 사이처럼 사람끼리도 그렇다고 봐야죠. 지금은 젊어서 모르는 분들도 계시지만 멋있게 늙으려면 거울 같은 짝이 있어야 해요. 세상에서 가장 허심탄회하게 흉허물을 비춰줄 상대인 거죠."

여성 진행자가 말을 받았다.

"저도 거울 자주 보면서 멋있게 늙고 싶어요."

애교 넘치는 여성 진행자의 말이 끝나자 남성 진행자가 차례를 이었다.

"멋있지는 않아도 좋으니까 늙지나 않았으면 좋겠습니다."

눙치는 듯한 어조의 남성 진행자에 이어 여성 진행자다.

"젊었을 때는 고독이라는 낱말이 멋있는 거 같지만 고독을 거꾸로 하면 독고, 독거가 되면 안 되잖아요? 소장님! 어떻게 생각하세요? 홀로, 고독, 외로움이란 실지 아름다운 말들인가요?"

"두 분처럼 젊은 남녀들이 사용할 때는 멋있는 낱말이기는 해요. 하지만 나이 드신 분들이 그런 단어들을 끼어 쓰시면 연민이 생기죠. 결코 유쾌하게 들리지는 않아요. 특히 여성분들 경우 삼십이고 아직 싱글이면 히스테리 증상이 생기게 되죠.

히스테리의 어원은 자궁을 뜻하는 그리스어 히스테리아입니다. 능력이 있어서 삼십을 훌쩍 넘기고 주변 성화에도 끄떡없이 잘들 생활하는 걸 많이 보기도 하지만 그래도 결혼은 하는 쪽이 정답인 것 같아요. 요즘은 실제로 칠십이 넘으셔서 재혼하시는 분들이 참 많으세요. 왜 혼자 살면서 외롭고, 고독하다고 해요. 우리가 아는 단어는 사랑, 행복, 이거뿐입니다. 다른 건 모두 사랑과 행복을 위해 치르는 값일 뿐이에요. 끝이 좋으면 다 좋은 거라잖아요. 죽을 때, 외로웠다보다는 행복했었다, 해야 하잖아요."

남성 진행자의 목소리다.

"소장님과 함께하는 이 방송이 일주일에 한 번인데요, 언제나 좋은 말씀만 해 주셔서 방송 끝나면 문의전화가 많습니다. 우리 주변의 고독한 사람들을 위한 노래 한 곡 듣고 다음 말씀 이어가도록 하죠. 이 곡은 외국 곡을 리메이크한 곡인데요. 심수봉의 '백만 송이 장미'처럼 원곡보다 더 멋있게 불러진 곡이 아닌가 생각합니다. 차중락의 '낙엽 따라 가버린 사랑' 지금 바로 보내드리겠습니다."

귀에 익은 반주가 흐르자 절로 두 눈이 감긴다.

'~찬바람이 싸늘하게 얼굴을 스치며 따스하던 너의 두 뺨이 몹시도 그리웁구나~'

갑자기 눈물이 핑 돈다. 그대로 서 있을 수가 없다. 심층 깊숙이 젖어 있는 슬픔에 불길이 닿은 듯 눈가가 화끈해진다.

장식장에 기대어 섰던 나는 천천히 돌아서 코트를 벗는다.

긴 벽장문의 손잡이를 잡아당긴다. 짝을 맺어준 회원들의 결혼식, 방송국 인터뷰, 일 년이면 평균 몇 차례씩 치루는 이벤트 등에 입고 나갈 옷의 일부가 사무실 벽장에도 걸려 있다. 선남선녀 200쌍 이상을 앉혀 놓고 예쁜 신붓감들 앞에서 군계일학이라는 찬사를 받은 건 눈앞의 의상들이 일조를 했기 때문이다. 벗은 코트와 핸드백을 걸어 놓고는 코트 주머니에서 휴대폰을 꺼내고 문을 닫는다. 그 사이 가슴을 저리게 하던 노래가 끝난 것이 차라리 다행이다.

실내화로 갈아 신은 나는 손님 접견을 위한 긴 소파에 다리를 길게 뻗고 편히 눕는다.

'가장 아름다운 나이시네요.'는 얼마 전까지만 해도 마흔 아홉의 여성회원들에게 자주 쓰던 표현이다. 그 말의 인과처럼 나도 그 나이를 먹는다.

누운 채 어깨가 움츠려들도록 두 팔로 가슴을 감싸 안는다.

떠나는 사람이야 더 힘들었겠지만, 그런 사람을 보내기까지…. 직원들이나 주변 누구라도 눈치 챌까 그간 정말 조마조마, 많은 신경을 썼다.

뒷골이 당기고 가슴이 답답해진다. 이대로 가만히 있을 수 없을 것 같아 자리에서 벌떡 일어났다. 시선이 소파 옆, 코너에 있는 캐비닛에 꽂힌다. 언젠가부터 오래된 파일들을 폐기해야겠다고 벼러왔는데 그때가 바로 지금이다.

캐비닛의 맨 위 칸의 손잡이를 잡아끌자 철제서랍이 무게에 눌려 겨우 한 뼘 정도 끌려나오고는 멈추어버린다. 빼곡히 들어선 파일들이 바닥까지 꽉 차있다. 지난 세월 고객들의 기록이 가득 들어차 있다고 생각하니 언뜻 용기가 나지 않는다. 이왕 손을 대면 아래 칸 Y파일까지 전부 다 처치해야 한다. 나는 망설이다가 불도저식으로 캐비닛의 손잡이를 힘차게 잡아당긴다.

개업 이후, 2000여 명이 넘는 커플들의 인연을 만들어주었다. 이 파일들은 전적으로 컴퓨터를 사용하기 전이니까 나에게는 초기의 미숙함과 함께 커리어의 기초가 되어준 회원들의 것이어서 최근에 들어온 회원들보다 정서가 깊은 자료들인 셈이다.

열려 있던 서랍의 맨 앞쪽에서부터 손안에 잡혀지는 만큼의 파일을 끄집어낸다.

장시간에 걸쳐 이뤄질 작업이기에 편안한 소파를 택한다. 손에 든 파일을 내려놓고는 그 옆에 앉으려다 다시 일어나 커플래니저들이 공동으로 사용하는 문서파쇄기를 가까이 옮겨 놓는다.

이 파쇄기는 새 회원들이 신청서 작성 중에 오류가 발생했을 경우 그 즉시 폐기하는 용도로 사용하던 것이다. 큰 작업이라 은근히 용량이 염려스럽다.

파일은 사진이 붙어 있는 신청서 외에 영주권이나 미국시민권, 아니면 여권, 운전면허증 등의 복사본과 학위증, 직장 재직증명서, 은행잔고증명서, 교우관계, 친구소개서 등을 기본으로 각 개인의 정보가 거의 포함되어 있어 보호해주는 것이 의무이므로 기꺼이 파기하는 것이 최후의 정리인 셈이다.

파일은 기본증빙서류가 영문인 만큼 알파벳순이다.

첫 번째 파일을 집어 든다.

Ahn, Kyung Woon 안경운. 남. 34세. 치과 기공사.

특별한 기억이 없다. 문서파쇄기 속으로 밀어 넣는다.

두 번째 파일은 두툼하다.

An, Jong-Hwan, 안종환. 남. 29세. 그때 사진이다.

상담소를 통해 30여 년 만에 옛 친구도 찾고 자식까지 얻었다며 행복해하던 어른들의 모습. 흐뭇한 추억이다. 아쉽지만, 신랑신부의 빛바랜 사진과 신청서들을 문서파쇄기에 밀어 넣고 버튼을 누르자 빠른 속도로 두 남녀의 추억이 가득한 종이들이 잘게 찢겨진다. 조금은 서운하고, 한편 후련하다.

다음 파일을 집어들자 역시 두 몫이다.

Ahn, Min-Ho 안민호. 남. 38세. 자영업. 1997년에 결혼이 성사된 케이스다.

"소장님! 오늘 나와 주셔서 대단히 감사합니다. 다음 이 시간에 또 뵙겠습니다."

"감사합니다."

인사가 끝나고 한동안 광고가 이어졌다. 나는 자리에서 일어나 라디오의 볼륨을 줄인다.

관속의 시신도 벌떡 살아날 것 같은 건강식품 과대광고들을 듣고 있자니 지루하다. 그러나 나 스스로에 대한 비난도 피할 수는 없다는 생각이 들어 씁쓸하다.

회원의 미흡한 조건들을 뻔히 알면서도 저런 광고들만큼이나 무책임한 부풀리기로 신랑감을 또는 신붓감을 얼마나 많이 현혹시켰던가. 덕 쌓기라도 하듯 과장된 입술로 수많은 종류의 부당한 칭찬을 얼마나 후하게 나열했던가. 최상의 선택은 혼자 사는 게 나을 경우라도, 불편한 진실을 숨긴 채 잘 맞는 배필이라며 당당히 내세우지 않았던가. 거기다 틈틈이 기회를 노려 나의 가정생활조차 완벽하게 상품화하지 않았던가. 상대가 누구든 세일즈였고, 마케팅전략상 부풀린 과대광고였다는 자책으로 마음이 썩 가볍지만은 않았다.

Byun, James 변 제임스. 26세.

제임스는 선배의 외아들이었다. 결혼 육 개월 만에 파탄이 나고 말았다. 잘 나가던 젊은이가 암초에 걸린 건 나 때문이었고, 그 후 제임스는 절대로 결혼은 안 한다며 독신으로 살고 있다. 파일을 기계 속으로 알뜰히 밀어 넣자 기계 소리가 시원스럽다.

Byun 변, Cha 차, Chae 채, Chi 지, Cho 조, Choe 채, Choi 최, Chung 정씨 등 수 많은 성씨들이 파쇄기 속으로 속력껏 줄지어 들어갔다. 감당이 안 되는 휴지통을 바닥에 비워내고, 또 비워내니 종이가루들이 산 모양을 이룬다.

늘 두세 가지 일을 한꺼번에 처리하던 습관처럼 지나간 사연들을 쓰레기로 정리하면서도 앞일을 떠올린다.

새해 첫 번째 행사가 밸런타인데이이다. 작년 2월, 뉴욕과 엘에이에서 미혼남녀들을 위한 대규모 미팅행사를 열어 큰 호응을 얻었다. 엘에이 한인 타운에 위치한 큰 호텔을 빌렸는데 신청자들이 많아 참가비만으로도 멋진 행사가 마무리되었고 몇 쌍의 엘리트커플이 결혼까지 갔다. 처음 치룬 행사치고는 성공적이었는데 올해는 어느 정도로 확대해야 할 것인지.

월요일인 내일 아침에는 신문과 인터넷 등 광고를 위해 매니저들과 미팅이 있다. 그리고 이후 한 달간은 신청자들의 신혼조회와 행사준비 등으로 바쁘겠지. 참가비는 50불 정도로, 그렇게 되면 작년 밸런타인 행사보다 2배 정도, 한 400여 명 이상이 참가할 수 있을 테니까. 재혼 희망자도 100여 명 정도 별도로 진행하고. 나이 제한은 작년행사하고 똑같이 하면 되고. 그 행사 뒤에는 회사 웹사이트를 통해 미국 전역에 흩어져 있는 한인 미혼남녀가 온라인에서 만날 수 있는 온라인 매칭 이벤트를 개최하는 거다. 웹사이트는 영어, 한글 혼용을 써서 이민 2세들도 편리하게 이용하도록 하고.

이미 지난주에 커플매니저들과 몇 차례의 미팅 중에 밑그림을 대충 그렸었다. 다시 되뇌면서 역시 만족이지만 결코 느슨할 수 없다. 최근 실적이 예전과는 판이하게 다르기 때문이다. 미국 내 불황이 장기간 지속되고 젊은 층 실업률 증가로 결혼은 꼭 해야, 하고 고민하는 미혼이 늘고 있다니까. 그래도 다른 업체에 비하면 나은 상황이지만 불황을 완전히 빗겨가기엔 역부족일 것이다. 가입비를 대폭 낮추어야 할지도 모르겠다.

팍팍한 젊은이들의 삶을 생각하자니 멀리 떨어져 있는 딸들이 떠오른다. 아이들 결혼은, 미리부터 어려운 문제를 풀 필요는 없다. 그냥 파일이나 열중하자.

Chung, Sam-ik 정삼익. 56세. Chung, Chung, Chung, 정씨가 많기도 하다.

하씨 차례다. 벌써 어깨는 아파오는데.

Ha, Dong-choon 하동춘. 52세. 남. 재혼.

Han, Paul 한폴 41세. 남. C&H사장. 키 165 이상인 아름답고 젊은 남성. 성사된 케이스로 867번째라고 적혀 있다. 한씨, 황씨, 현씨, 아직도 H다.

Hyun, Ji-Youn 현지연.

J도 만만치 않다. Jen 진, Jo 조, Joo 주, Jun 전, 그리고 Jung 정씨 차례다.

나는 일어나 라디오를 끄고 내 목소리가 담긴 CD 하나를 집어 든다.

한 달 전 방송된 것이다.

"오늘 이 시간은 결혼상담소 김유연 소장님을 모셨습니다. 소장님! 이젠 사업 범위를 넓혀서 결혼을 할 계획이거나 이미 결혼한 부부 상관없이 결혼생활에 필요한 교육도 시작하셨다면서요?"

"예, 속아서 결혼하는 일이 없도록 신혼인증을 해드리고 매칭하는 것도 중요하지만 결혼생활에 필요한 관계기법들을 교육시켜드리는 거죠. 행복하게 살도록 부부실력을 갖추자는 취

지예요. 결혼 후에도 5년간은 저를 포함한 전문 심리학 박사들이 가이드를 해드릴 계획입니다. 결혼 후에 오시기보다는 이미 결혼할 짝이 있는 분들도 오셔서 결혼 준비교육을 받을 수 있습니다. 그래서 오늘 주제는 행복한 결혼……."

휴대폰이 울린다. 남편이다.

"나야!"

"아침 일찍 당신 방 들여다보니까 깊이 잠들어 있기에 혼자 골프치고 왔더니 그새 나가고 없네. 산타모니카서 점심이나 먹을까?"

"안 돼!"

"너는 아침부터 저녁까지 안 돼! 로 시작해서 안 돼!로 끝나는구나!"

"혼자 잘 해결하면서 갑자기 왜?"

"그래 알아들었으니까 너 짝 구해지면 내 짝도 구해줘!"

"각자 구하는 건 어때?"

"널 어떤 사기꾼이 데려가나 구경 좀 하고 난 다음에 내가 알아서 할께!"

"저녁도 혼자 먹어야 할 것 같은데, 밀린 일이 좀 있어서."

"그래, 알아들었어! 먼저 자라는 말은 내가 대신해주지. 밥이나 챙겨 먹으면서 일해, 이 바보야! 단건 많이 먹지 말고, 달콤한 말 좋아하면 당뇨 걸려 죽어요! 알아들어?"

"나 지금 손이 필요해! 끊어!"

그 소리에 남편이 먼저 전화를 끊었다.

마침 단것이 생각나 벽장에 들어앉은 작은 냉장고에서 아이스크림을 하나 꺼내든다. 업무 중에 지독한 피곤을 느낄 때 먹는 단골 간식이다. 과일을 먹고 싶지만 씻는 일부터 여러 가지 번거롭기도 하고 그럴 상황도 아니다.

식사 대용으로 아이스크림 바를 먹으며, 한 손으론 이름도 확인하지 않은 파일을 기계 속으로 밀어 넣는다. 머리로는 남편과의 대화를 생각하면서.

이십오 년을 같이 살아온 남편이다. 결혼하자마자 같이 유학을 왔다가 엘에이에 자리를 잡고 산 지도 이십여 년. 대학에 다니는 두 딸. 굳이 내가 사회활동을 안 한다 해도 남편의 능력으로도 살 수 있는 규모다. 아이들 양육문제로 가정에 들어앉을까하고 남편과 함께 심사숙고했지만 그러기엔 그 간에 공부한 학위가 아까웠다.

결혼 전 내가 남편을 좋아한 건, 집안이나 자신의 능력을 과대평가하지 않는 겸손과 누군가를 비교하지도, 부러워하지도, 무시하지도 않는 소박한 생활철학이었다. 결혼 후 남편은 나로 하여금 크고 잔잔한 것들에 신경 쓰지 않게 안과 바깥일에서 아이들 교육까지 전담해주었다. 가족과 일만 바라보며 늙어가는 것이 안쓰러울 정도다. 남편처럼 완벽한 인간이란, 타인에게 인색한 사람만이 가능한 훈장이 아닐까, 남편에 대한 측은지심으로 고개가 내려진다. 남자는 그래야 하는 것처럼 단 한 번도 나의 수입이나 자산관리에 대해 언급해본 일도 없다. 늘 좋은 남편, 이렇듯 남편에 대한 후한 점수는 고정관념이 되어버렸다.

오래전에 이미 계산이 정리된, 더할 수도 뺄 수도 없는 수정이 불가능한 장부처럼 남편에 대한 칭찬엔 왜 변함없는 걸까. 그건 아마 결혼상담소 소장으로서 훌륭한 남편, 단란한 가정, 그래서 행복한 여자라는 백그라운드를 상품처럼 광고삼다 보니까 나도 모르는 사이 세뇌되었는지도 모르지만.

그 사이, 아쉽게도 아이스크림은 깨끗이 빈 막대만 남았다.

기억을 비워내듯 또 한 번의 종이가루를 쏟아 붓는다. 그리곤 칫솔질 대신 물을 몇 모금 마시며 산더미처럼 쌓인 파지들을 바라본다.

남은 파일까지 모두 한꺼번에 버리면 빌딩 지하의 쓰레기 컨테이너가 넘칠 것 같다. 그건 아마도 직접 본 일이 없는 컨테이너에 대한 과소평가와 내가 한 일에 대한 과대평가가 겹친 망상이겠지. 신랑감과 신붓감들의 끝없는 저울질로 위험한 계산습관만 길러진 결과일 것이다.

쓰레기더미를 바라보고 있자니 종이박스에 담아 복도 끝에 있는 쓰레기통로까지 여러 차례 운반할 일이 걱정스럽다. 애초 플라스틱백은 쓰지 말아야겠다고 생각했다. 이런 건 다른 오물들과 섞여 빨리 썩어야 하니까.

노래가 흐른다.

"~이제서야 알았습니다~ 곁에 있어서 알지 못했던 그대 얼굴을 다시 보았습니다~ 왜 그랬을까~ 왜 몰랐을까~ 이 사람이 내 사람이란 걸~ 친구처럼만 편했던 당신이 내 곁을 떠날 줄 그땐 왜 몰랐을까~ 기다렸는데~ 잡아주지 못해~ 아쉬웠다던~ 그대 말에 가슴이 무너져 가네요~ 사랑하지 않았습니다~ 상상조차 못했습니다~"

그 사람…….

끝내 그의 생각을 이기지 못하고 순서를 뒤바꿔 그 사람 파일을 찾는다. 수많은 K들을 샅샅이 뒤지는데 결혼상담소 소장이라는 나의 위치를 새삼 깊이 되새기게 한다.

그 사람이다! Kim, Jun-Sung. 이름이 눈에 뛰는 순간 손이 먼저 떨린다. 김준성! 42세! 몇 년 전 사진 모습이 지금과 별다르지 않다. 낙천적인 성격 때문이겠지. 여전히 학창시절인 것처럼 맑고, 다감했던 사람. 앞에 나타나 줘서 행복합니다,

하던 사람. 천기누설이라도 되듯, 그 사람에게 누가될 것 같아 모든 사연을 끌어안듯 파일을 가슴에 품는다.

그날, 그 사람을 소개한 건 막내 커플매니저였다. 신청인으로는 40이 넘었거나 재혼인 경우 흔히 그랬듯이 내가 직접 상담해온 터였다.

이미 작성된 서류를 들고 온 신입회원은 맑은 무테안경에 소탈하면서 깔끔해 보이는 인상이었다.

신청서는 잘 메워져 있었다. 과거의 학력은 상위인 반면 현실적인 점수는 부정적인 면이 많았다. 그런대로 맨 아래 부분에 서명까지 마친 만큼, 서류상이 아닌 구두로 몇 가지 질문이 오고가는 일이 남아 있었다.

앉자마자 내 소개를 하고나서 첫 질문을 했다.

"재혼이신데, 특별히 어떤 여성이 이상형이라고는 없으시네요."

그러자 그가 말을 받았다.

"깍쟁이 같은 요즘 여성들이 저 같은 사람을 좋아하겠습니까. 그냥 용기를 내서 찾아왔습니다. 소장님! 라디오 방송으로 목소리만 듣다가 직접 뵈니까 상상했던 것보다 훨씬 미인이십니다."

그의 선하면서 강한 눈빛은 말하는 내내 내 눈을 벗어나지 않았다.

"라디오를 자주 들으시나 봐요. 저희 회원 중에 몇 분 만나보시고 맘에 드시는 분이 있으시면 좋겠네요. 설명 들으셨겠지만 일 년 내에 열 분까지는 소개를 해드리니까요, 시간을 두시고 찾아보세요."

나는 최대한 차분하게, 그렇게 응수했다.

"시키시는 대로 하겠습니다. 라디오를 자주 듣느냐고 하셨죠? 컴퓨터하고 관련된 일을 하니까 시간을 맞춰 소장님 방송만 듣습니다. 저, 미국 와서부터 그 방송 애청자가 되었습니다. 잘 봐주십시오."

남자는 너무 앞선다싶게 말이 쉬웠는데, 호감이라 생각하면서도 왠지 거북스러웠다. 뚫어지듯 한시도 눈을 떼지 않는 그의 시선을 피하느라, 신청서를 내려다보며 말했다.

"짝을 빨리 찾아드렸으면 좋겠습니다."

더 이상의 추가 질문은 필요가 없었다. 나는 먼저 일어서면서 덧붙였다.

"몇 분 중에 가장 적합한 한 분을 선택해서 연락드리겠습니다."

"되도록이면 소장님께서 직접 연락주시면 감사하겠습니다."

"젊은 커플매니저들과 이야기하시기보다는 편하실 테니까요. 그럼, 연락드리겠습니다."

그는 아쉬운 표정으로 자리에서 일어섰다.

신원확인결과 그 사람이 작성한 신청서에는 거짓은 없었다. 그 당시로서는 비자도 살아 있었고, 단기간의 직업도 있었다. 딸린 가족으로는 거동이 불편한 노모가 계셨다.

회원 가입을 한 다음날 오후, 엘에이 경찰국에서 전화가 왔다. 김준성 전화를 받겠냐는 것이었다. 당황했지만 하는 수 없었다.

"저, 나쁜 사람 아닙니다. 놀라지 마세요. 근무하는 작업장에서 어제 불이 났는데 마침 제가 퇴근하고 얼마 되지 않은 시간이어서 조사 중인 것뿐입니다. 저녁이 되니까 아파트에 홀로 누워계신 어머니가 걱정돼서요. 소장님께 말도 안 되는 일이지만 퇴근 후 찾아봐 주시면 하고 부탁 좀 드리려고요. 아무도 없습니다. 죄송합니다."

엉겁결에 그러겠노라고 대답한 나는 전화를 끊은 후 라디오 방송에 자주 듣던 보석금회사 광고를 떠올렸다. 어떻게 거기까지 생각이 연결되었는지는 나도 알 수 없었다. 그것 역시 광고의 세뇌 아닌지. 어쨌든 나는 보석금회사의 직원에게 경찰서에 잡혀간 사람이 있는데 어떻게 되는 건지 알 수 있겠느냐고 물었더니, 그걸 알려면 피의자 영문이름과 생년월일, 운전면허증 번호가 필요하다는 것이었다. 나는 그 즉시 바로 전날 작성한 파일을 열어 상세히 가르쳐주었다. 그리고 한 시간쯤 후, 퇴근도 못하고 초조히 기다리는데 보석금회사 직원으로부터 전화가 왔다. 1가와 로스엔젤래스에 있는 엘에이 경찰국으로 오라는 것이었다. 꼭 가야하는 일처럼, 당연한 듯 왜요, 라는 질문도 못했다. 도착하니 친절하게도 보석금회사 직원이 주차장에서 나를 기다리고 있었다. 내게 명함을 건네고는 하는 말이 그가 방화범으로 의심을 받아 내일 아침 재판이 있으니 오늘 나가지 않고 그대로 재판을 받으면 불리하다는 것이었다. 그때서야 정신이 든 나는, 나를 부른 이유가 뭐냐 물었다. 당사자는 보석금이 없으니 보증을 해주면 오늘 밤 안으로 나올 수 있게 하겠다는 것이었다.

경찰국 안으로 들어간 우리는 유리칸막이를 사이에 두고 벽에 부착된 전화로 그 사람과 통화를 했다.

"와주셔서 감사합니다. 피해 없으실 겁니다."

죄야 어쨌든 차가운 방에서 잠을 자야하는 그 사람을 생각해 나는 보증을 하기로 마음먹었다. 염려했던 것보다 큰 사건은 아닌지 보석금은 이만 오천 달러였다. 서명이 끝나고 몇 분 되지 않아 그 사람은 자유인으로 내 앞에 나타났다. 나는 보석금회사 직원에게 밤늦은 시간까지 수고 많았다는 인사를 남기고 주차장으로 나오는데 그 사람이 내 옆으로 바짝 다가와 걸었다. 어머니와 함께 산다는 아파트까지는 태워다줘야겠다는 생각을 하고 있는 그때 그 사람이 이렇게 말을 걸었다.

"배가 고픈데요."

그 목소리는 학창시절에 듣던 음성처럼 귀에 익었다. 넓은 주차장에서 자연스럽게 올려다봐진, 밤하늘의 별들과도 잘 어울릴 동화처럼 순박한 음성이었다.

밤늦은 시간, 나는 주위 체면도 생각지 않고 한인 타운의 자그마하고 깨끗한 설렁탕집 주차장에 차를 세웠다.

그날, 뜨거운 국을 맛있게 먹던 그 사람을 보면서 왜 낯설지 않았는지. 아무도 없어서, 내게 연락할 수밖에 없었다는 말이 식사를 하는 내내 마음에 걸렸었다.

아파트 앞에 차를 세우면서 나는 덕담을 했다.

"내일 아침 판결에 행운을 빕니다."

그러자 돌아온 답변은 이랬다.

"소장님이 나타나주셔서 행복할 뿐입니다."

그리고 운전대를 잡고 있던 나의 뺨에 기습적인 키스를 하고는 차에서 내려버렸다. 그날 밤 나는 잠을 설쳤다.

그 후, 여러 차례 재판에 출석하는 날마다 보고하듯 내게 전화를 주곤 했다. 그렇게 몇 달이 지나고, 드디어 재판이 마무리되던 날 그 사람이 들뜬 음성으로 전화를 했다.

"그 동안 소장님 덕분에 잘 버텼으니까 오늘 저녁은 제가 모시겠습니다. 퇴근길에 회사 앞으로 가겠습니다. 약속 있다고 변명하지 마십시오."

몇 달 동안 마음고생을 했을 그 사람을 생각하자니 거절할 수가 없었다.

그날 저녁, 헐리웃과 비버리 힐 경계에 있는 보아라는 식당에서 와인을 곁들인 식사를 했다. 식당 입구에는 카메라를 든 파파라치들이 몇 있었고 식당 내에는 유명한 연예인들을 볼 수 있었을 정도로 화려한 곳이었다. 한인이 드문 곳을 찾아 예약한 그 사람의 배려가 느껴졌다.

식사 도중 와인 한 잔을 다 마신 그 사람이 말했다.

"사람은 그냥 끌리는 겁니다. 소장님 이론은 다 엉터리예요. 제 말이 맞으면 잔을 비우세요."

그의 말에 나의 얼굴은 수치심으로 가득했고, 방송을 위해 수없이 준비한 미사여구의 어느 한 구절도 떠오르지 않았다. 궁색한 이론 덕에 간곡히 권하는 한 잔, 한 잔을 더 마셔야 했다. 그렇게 석 잔씩이나 마신 건 난생처음 있는 일이었다. 식당을 나와 그의 외투를 걸치고 부축까지 받으며 차를 탔다.

밤바다가 내려다보이는 호텔에 차가 세워졌고, 나는 그의 손에 이끌리어 호텔 방에 들어갔다. 기어코, 부드러우면서도 완강한 그의 손이 길고 검은 스타킹을 벗겼다. 그날 밤 이후, 남편은 독수공방이 시작되었고.

모두 지난일이다. 되돌릴 수 없는 엄연한 과거를 두고 어떤 사랑의 변증법이 위로가 될 것인가. 지금도 등 뒤에서 서성이고 있을 것만 같은데…. 돌아보지 말자. 생각을 접자니 가슴이 저리고, 콧등이 시큰거린다.

끝이 좋으면 다 좋은 거라는 말처럼, 그 끝을 위해 5년간의 죄책감과 함께 그 사람을 버렸다. 바로 두 달 전쯤의 일이었다. 새 여성회원 전희옥의 파일을 넘겨받고 검토한 순간, 머릿속에는 당연한 듯 잔인하게도 그 사람이 떠올랐다.

결국 김준성 그 사람에게 소개한 여성은 의류업계의 손 큰 사업가 전희옥 사장이었다. 시민권이 있어 체류신분이 시급한 과제인 그 사람에게는 맞춤인 셈이었다. 전희옥이 적어낸 이상형에는 경제여건은 상관없으나 좋은 분, 이라고만 적혀 있었다.

그 사람을 설득해 전희옥과 첫 미팅이 이루어진 다음날, 커다란 박스가 내 사무실로 배달되었다. '소장님! 좋은 분을 소개해주셔서 감사합니다.' 라는 내용의 카드가 전희옥이라는 이름과 함께 리본에 매달려 있었다. 박스의 로고만으로도 알수 있었지만 내용물은 핸드백이었다. 그 선물은 아직도 박스째 두었다.

뜻밖에도 전희옥이 이처럼 적극적인 반응을 보였던 것이다. 신청서에 기록된 재력과 잔고 증명이 수준 이상이었다면 용기와 자신감은 그 한 수 위급이었다. 그 덕에 밀어 붙이듯 두 달 만에 결혼식까지 올리고 바로 이틀 전에 그들은 하와이로 신혼여행을 떠났다.

여자는 사업만 하다가 얼마 전 젊은 디자이너에게 남편을 빼앗기듯 이혼을 당한 쓴 사연이 있었다. 변호사 돈 주고, 으르렁거리는 세월에 얼굴 썩는 것보다는 한 살이라도 젊었을 때 좋은 사람 만나 멋있게 사는 게 나을 것 같아서 잘 먹고 잘 살아라하고 순순히 이혼을 승낙했다는 여사. 악의는 없는 사람 같았고, 손도 맘도 큰 편이어서 그 사람의 병든 노모는 유료 양노원에 모시기로 한 결정까지 모든 게 흡족한 처사였다. 신랑 쪽이 훨씬 젊다는 것으로 전남편에게 복수하는 모양새였으니 내 자신의 죄책감도 줄은 셈이다.

그 사람과의 지나간 몇 년, 상상도 안 되던 일. 이제라도 좋은 사람들끼리 세상 끝까지 잘 살기 바라는 마음 간절하다.

그런 생각을 하는 한편 스스로를 나무랐다.

많은 회원 모두를 좋은 인연으로 마무리하겠다는 것은 나의 허영이었다고.

인연은 나의 수고를 빌린 것뿐 운명이라고, 이렇듯 운명에 떠다 맡김으로써 나의 미흡함으로 인한 사건들까지도 책임으로부터 벗어나는 방편으로 삼는 것이다.

끌어안고 있던 따뜻한 파일을 열어 김준성이란 이름 옆에 붙어 있는 그 사람의 증명사진을 떼어낸다. 나에게 남은 그의 유일한 흔적이다. 증명사진을 한 손에 쥔 채, 다른 한 손으로 그 사람 파일을 파쇄기에 밀어 넣는 마음이 남다르다. 전희옥 파일이 함께 끼어들어간다. 손에 쥐었던 그 사람 사진을 한 번 더 들여다본다. 눈 안에 넣듯 보고, 또 본다. 한참 후, 쓰레기 더미 위로 던져버린다.

큰 딸이 고등학생, 둘째 딸이 중학생 때였다. 가정을 깰 생각은 없으면서도 그 사람에게 체류신분을 해 주고 싶은 갈등은 있었다.

이혼도 생각해봤지만 남편과 함께한 긴 세월과 아이들에게 산처럼 기대어오를 수 있는 등짝이 되어주어야 한다는 책임감이 짓눌렀다. 솔직히 이혼 후 사업에 미칠 영향도 생각지 않은 것은 아니다. 그러면서도 내 속에 감춰진 숨죽인 불꽃이 순간순간 두렵기도 했다. 이쯤에서 모든 걸 먼 이야기로 서둘러 마무리해놓는 편이 최상의 해결법이었다.

그 사람과의 추억이 꿈만 같다. 타지로 함께 출장을 갔던 일까지. 예전의 나에게는 도저히 있을 수 없는, 결혼상담소 공식에서 한참 벗어난, 그게 과연 무엇이었을까. 먼 훗날, 그리워하고 후회하며 눈물지을지 모르는…….

애써 잊으려 눈과 손을 쉬지 않는다. 그 사이에도 수많은 K가 속력을 내며 사라져간다.

"들으신 곡은 슈만의 '시인의 사랑' 중에 제 1곡 '아름다운 오월'이었습니다."

귀에 익은 남자 아나운서의 음성이다.

"그렇게 해서 사랑하는 여인을 얻은 슈만은 평생을 행복했을 것 같지만, 아내 클라라에게 마지막 편지를 남기고는 라인 강에 투신자살을 합니다. 하지만 구조되고 2년 후인 1856년에 결국 죽습니다. 너무나 영리하고 재능 있는 여자가 남자를 잘 못 만나 불행한 삶을 사는 경우는 가끔 있지요. 클라라는 마치 자신의 철없던 십대 때의 선택을 어떻게 해서든 정당화하려는 듯 슈만의 곡들을 더욱 빛나게 했습니다. 슈만이 죽은 뒤에 클라라는 40년을 더 살았으니까요. 슈만이 죽은 후 클라라를 사랑했던 브람스가 있지요. 슈만의 제자 브람스는 클라라에게 거절당한 후 평생을 고독하게 독신으로 살았다고 합니다. 이번에 들려드리는 곡은 슈만의 피아노를 위한 환상소곡집 작품 12의 1번인 석양……."

휴대폰이 울린다. 대학 일 학년짜리 작은 딸이다.

“엄마!”

“응, 제니야!”

“엄마 어디 아퍼요? 목소리가 왜 그래요?”

“안 아퍼! 사무실에서 일하느라고 피곤해서 그래.”

“엄마, 지금 몇 신데 안 주무시고 일하세요. 요즘 애들은 존경
이라는 말 몰라요, 엄마도 일 많이 하지 말고 재밌게 살아요!”

“엄마 걱정 말고 너 공부나 열심히 해! 언니는 뭐하니?”

“언니 스캇이랑 나가서 아직요!”

“공부나 잘하고 있으면 엄마가 알아서 골라 줄 텐데 왜 그러
니, 벌써부터!”

“엄마, 우리 베이비 아니에요. 결혼은 억지로 시키는 게 아
니에요! 결혼은 사랑이지 비즈니스가 아니잖아요!”

“자식은 부모에게 근심을 시키면 안 되는 거야. 언니보고 공
부나 하라고 해!”

“엄마! 지금이 무슨 시대인 줄 알아요? 엄마도 바꿔요! 엄
마는 비눗방울을 지구라고 생각하고 사는 사람 같아요.”

“늦었는데 그만 잠이나 자!”

“네, 엄마, 바이!”

“그래 잘 자!”

두 딸이 모두 동부에서 공부하고 있다. 어찌하다보면 시간

맞추어 전화하기가 서로 쉽지 않은데 아직 남자 친구가 없는 작은 딸이 자주 전화하는 편이다.

언젠가는, 결국 세상에 나오도록 해준 배꼽과의 관계만 남는 거다. 조그만 흔적, 제 몸의 배꼽만큼도 안 알아준다고 서운해 말아야지. 동물도 배꼽은 있으니까. 그런데 왜 사람의 자식들은 반대로만 가는 걸까.

다시 남의 자식들 이름을 읽는다.

Lee, Jennifer Youngjoo 이영주. Lee, Sun-Jung 이순정.

하루 종일 시달린 기계의 벅찬 소리와 함께 종이부스러기가 옆구리로 밀려나왔다. 종이가루로 이룬 산이 점점 높아져간다. 산을 바라보니 방안에 메아리가 들릴 것 같다.

Moon 문, Mun 문, No 노, Noh 노, 노씨도 만만치 않다.

노씨도 끝났다.

O, Jong-Ha 오종하.

Oh, Yun-Soo 오연수. 43세, 서울 거주. 승무원 근무경력. 자녀 2명. 좋은 남편, 좋은 아빠가 되어주실 분 원함. 미국에 시민권 가진 분.

Pack, Taewong Tom 박태웅.

Paek, Seung-Hee 백승희. 56세. 여. 요식업. 건강하고 제 나이보다 젊은 분.

한 번의 이혼과 두 번의 동거 경험이 있다고 솔직하게 말했던 게 인상적이었다.

Park 박, Ryu 유 씨까지 파쇄기에 넣고 휴지통을 비우니 종이가루로 이룬 산 높이가 테이블도 가린다. 카펫바닥도 보이지 않는다.

마지막 W와 Y에 속했던 모든 파일을 캐비닛 밑바닥에서 끄집어낸다.

"끝이다!"

나도 모르는 사이 잠긴 목소리가 그렇게 새어 나왔다. 파쇄기도 알아들었으면 좋겠다. 마지막 고개라는 걸.

목구멍이 아파 침 삼키기가 불편하다. 편도가 또 말썽이려나보다.

드디어 깨끗이 끝났다. 터질듯 쓰레기를 가득 담고 있는 파쇄기를 어루만진다.

손이 시커멓다. 시커먼 손으로 휴대폰을 열어 암호로 저장된 번호를 지운다.

천천히 일어나 테이블 앞에 앉아 오늘 출근의 목적이기도 했던 컴퓨터를 켠다. 이제, 컴퓨터 파일 주소록에서 그 사람의 이름을 삭제하는 일이 오늘의 마지막 일이다.

메일이 여러 개 들어와 있다.

등록된 연락처로부터의 메일. Kim, Jun Sung. 김준성. 순간 눈이 부셨다.

이틀 전 신혼여행을 떠난 사람이, 의외다. 아무렇지도 않은 척, 최대한 차분하게 화면 위에 손가락을 살짝 터치한다.

메일 제목은 물음표 '?' 하나였다.

얼마 전, 내가 보냈던 메일에 답장을 띄우듯 쓴 글이다. 아래 칸의 편지 내용으로 시선을 내린다.

'여기서도 당신 생각뿐입니다.'

순간, 날카롭고 무거운 것이 가슴을 짓눌러 숨이 멈출 것 같다. 몸이 굳어버린 듯 숨이 쉬어지지 않는다. 화면을 깊숙이 뚫어질 듯 응시한 채, 단 한 줄을 위해 눈동자만 수차례 움직이는데, 시야는 점점 흐려지고.

'여기서도 당신 생각뿐입니다.'

나의 심장에서 솟은 말이 나를 삼켰다. ✱

— 『한국소설』 2013년 4월호

얼음의 형상

생이 얼음이 되고 물이 되고, 그 물이 순한 물이 되는 이야기.

형상으로 존재하는 모든 것의 원형질은 같다는 의미로 하나다. 사람의 껍질과 속을
통시성으로 보게 하는 작가의 눈이 따뜻하고 은은하다.

얼음의 형상

발데즈의 항구를 감싸고 있는 추기애치 산맥은 짙은 초록색으로 높이 솟아 있어 그 비경을 바라보는 관광객들을 압도하고 있었다. 날씨는 어제보다 추웠지만 하늘은 예상보다 맑았다.

부두에는 빙하를 보기 위해 유럽 등지에서 몰려든 200명이 넘을 듯한 관광객들이 일찍부터 나와 줄을 길게 늘어섰다. 거의 모두는 각양각색의 방한복으로 추위에 대비하고 있었고, 마음은 무방비상태로 낯선 이국 풍경에 흠뻑 빠져 일상으로부터 해방되어 있었다. 조금 멀리 우측 해안가에는 유조선이 보였다.

15분쯤 기다리자 유람선이 선착장에 도착했고, 곧바로 승선이 시작됐다. 앞줄에 있던 사람들이 빠른 걸음으로 이층으로 먼저 올라갔고, 아래층 역시 창가 쪽으로는 빈자리가 없었다.

두 사람은 배 한가운데 널찍한 자리를 차지했다.

유람선이 부두를 떠날 준비를 하면서 멋을 잔뜩 부린 뱃고동 소리를 길게 울리자 여기저기서 웃음이 터졌다. 그걸 시작으로 마이크를 사용한 선장의 목소리가 스피커를 통해 흘러나왔다.

배 안에서만 왕복 7시간이 소요되는 관광이라고 했다. 삼면이 산으로, 한 면이 섬으로 둘러싸여 파도가 거의 없는 호수 같은 잔잔한 바다라는 선장의 설명에 멀미를 걱정했던 성연이 안도하는 눈치였다. 현주는 수면제의 약효가 남은 탓인지 진작부터 두통에 시달리고 있었다. 배가 움직이기 시작한 지 10여 분이 지나자 성연이 일어나 창가 쪽, 같은 일행들 사이의 비좁은 자리로 옮겨 앉았다. 현주는 그 틈에 휴대용 가방을 베개 삼아 다리를 구부린 채 옆 자세로 길게 누웠다. 해안 경관은 점점 볼거리가 많아지고 있었다.

"와우!"

"와아!"

장엄한 폭포수 때문에 관광객들이 환호성을 지르기도 했으나 현주는 이내 잠이 들었다.

부둣가 근처는 광물질이 섞인 회색빛 바닷물이더니, 바다가 점점 깊어지는지 물색이 짙푸르면서 맑아져 갔다. 모두들 해안가를 바라봤다.

성연이 해안을 바라보며 지난밤을 떠올렸다.

낮 시간이 22시간이나 지속되는 백야를 확인이라도 하려는 듯 거의 뜬 눈으로 지샌 밤이었다. 한밤중이 되도록 여전히 초저녁 빛깔 그대로였다. 하늘엔 별이 하나도 없었다. 불빛 없는 방안엔 웃음소리 없는 대화뿐이었다. 둘은 각자의 싱글침대 위에 누워 유리창 밖 백야를 바라보며 교감하고 있었다. 백야 때문에 기상시간이 걱정이라면서도 냉큼 일어나 짙은 커튼으로 밝은 하늘을 덮어버릴 생각은 하지 않았다. 오염이 되기 전에, 빙하가 다 사라지기 전에 꼭 와 보고 싶었던 곳이어서, 아침이면 빙하를 본다는 생각에 미리부터 소박한 행복감에 취한 모습들이었다. 그러다가 새벽 무렵 현주는 수면제를 먹고 겨우 잠이 들었다. 현주의 코고는 소리에 전염이 된 듯 성연도 어느새 잠이 들었다. 불과 서너 시간밖에 눈을 붙이지 못했지만 공기가 워낙 좋은 탓인지 짧은 수면에도 그다지 피곤하지 않았다.

성연은 뱃길과 함께 지나치는 해안가를 찬찬히 바라보았다.

물개들이 산 밑의 넓은 바위섬에서 휴식을 하거나 차가운 바다 속으로 다이빙을 해서 헤엄을 치기도 했다. 눈앞에만 해도 수백 마리가 넘는 듯했다.

현주가 둘만이 떠나는 여행을 가자고 제안했을 때 성연이 생각할 틈 없이 약속을 했었다. 이렇게 좋은 환경에 와 보고 나니 다음번에는 아이들과 다같이 크루즈 여행을 해야겠다는 생각이 들었다. 눈을 치켜뜨고 바라보는 산의 장엄함이 성연을 푸근하게 감싸고 있었다. 바다 물결이 산 덕을 보느라 호수처럼 잔잔했다. 눈안에 들어오는 광경이 모두 평화로웠다.

유람선이 조용히 물길 위에 흐르고 있을 때였다.

"고래다!"

선장이 차분한 음성으로 소리쳤다. 갈수록 몰려든 여러 마리의 고래들이 물결을 가로지르며 유람선을 따라왔다. 처음으로 하얀 머리의 독수리가 보이자 선장이 선체 중앙으로부터 위치를 파악하도록 각도를 알려줌과 동시에 유람선이 잠시 정지해 있었다. 모두들 왼편으로 몰려가 나뭇가지 꼭대기에 의젓하게 앉아 있는 알래스카의 상징인 하얀 머리의 독수리를 확인했다. 반 시간 정도 더 나아가자 물새들이 보이기 시작했고, 여기저기 바위섬에 수천 마리쯤 되는 바다사자들이 꾸물거리는 광경이 눈앞에 펼쳐졌다. 이때 다시 선장의 설명이 이어졌다. 바다사자라 부르는 이유는 우람한 목 부위가 수사자를 닮아서 붙여진 이름이라고 했다.

선착장을 떠나 세 시간쯤 항해하고 있을 때 수면 위에 떠 있는 빙산들이 멀리 시야 속으로 들어왔다. 배가 얼마쯤 더 나아갔을 때 유빙들이 유람선의 밑창을 긁는 소리가 들리기 시작했다. 현주도 사람들의 환성과 함께 배 밑창이 심상치 않게 긁히는 소리를 어렴풋이나마 느끼고 있었다.

산 쪽으로 가까운 바위섬이나 넓적한 빙산 위에서 쉬고 있는 물개 가족들과 연어를 낚시하는 배들, 그리고 하얀 머리의 독수리 등의 숫자가 점점 더 늘어나고 있었다.

성연이 자리로 돌아와 현주를 흔들어 깨웠다.

"현주야, 일어나! 보고 싶다던 빙하 가까이 왔나봐!"

현주가 천천히 눈을 떴다. 그리고 일어나 앉아 바다를 바라보았다.

"아, 잔치 상에 먹다 남긴 흐트러진 백설기들 같애!"

눈을 한두 차례 껌뻑이며 수면 위에 떠 있는 빙산들을 보며 현주가 뱉은 말이다.

"너, 아침을 안 먹더니 배고프구나. 난, 물난리에 약장에서 쏟아진 약들 같은데. 저 물개들, 이 약 다 녹은 물 마시면 멸종할 걸. 녹는데도 시간이 오래 걸리니까 몇 년은 더 볼 수 있겠지."

"그런 결과를…, 내가 지금 시름시름 보여 주고 있잖아."

두 사람이 나란히 앉아 이야기를 주고 받는 사이 어느덧 점심시간이 되었는지 종업원들이 포장된 물수건을 나르고 있었다. 현주는 물수건으로 얼굴을 먼저 닦았다. 잠이 깨끗이 달아난 상쾌해진 표정이었다.

서너 명의 종업원들이 쟁반을 나르기 시작했다. 베이글과 치즈 그리고 연어가 들어간 클램차우더와 후식 등이었다.

현주의 두통은 깨끗이 사라졌다. 식사와 비경을 동시에 즐기느라 씹어서 넘기는 맛이 여느 때의 두 배였다. 점심식사로 나온 연어는 유람선이 지나고 있는 바로 이곳에서 잡은 것이라고 선장이 위트 있는 말을 했다. 선장은 꼭 필요시에만 유익한 말을 했으며 관광객들은 그 좋은 목소리가 흐를 때를 은근히 가다렸다. 식사 중에도 유람선은 호수 같은 바다 위를 조용히 흐르고 있었다.

얼마 후, 직원들이 쟁반을 거두기 시작했다.

식사가 끝나자 멀리 있는 빙하를 보거나 화장실을 가려고 자리에서 이동하는 사람들이 늘어났다. 환호성을 지르는 사람들과 사진이나 비디오를 찍는 사람들까지, 현주는 소란스런 배 안의 모습을 둘러보았다.

"앞치마를 두른 종업원들이 전부 남자들이야. 하긴 남자들이 음식도 더 잘하니까. 그래도 난, 그 사람 속에 있는 트라우마를 건드리게 될까봐 절대 부엌에서 설거지도 못하게 해. 미국 와서 자기 페이스를 찾지 못한 사람이니까 한편 불쌍하기도 하고. 단, 한 달만이라도 생활비를 벌어다주는 남자하고 편히 살아 봤으면……."

분주하게 움직이는 종업원들을 보며 성연이 한 말이었다.

"자기 앞가림은 한다며. 착하면 돈은 못 벌게 되어 있어. 욕심부리지 마라. 남편 버릴 거면 나한테 보내. 영주권이라도 받게."

성연이 그 말뜻을 못 알아들은 체하며 사람들을 의식해서인지 소리를 낮추었다.

"현주야, 넌 그때 왜 영주권도 못 챙기고 이혼한 거야?"

현주는 얼결에 머뭇거릴 틈 없이 속내를 드러내면서도 목소리는 성연보다 잦아들었다.

"이제 말이지만 내가 신혼 한 달 동안 자궁파열로 응급실에 두 번이나 간 거 알어. 밤만 되면 완전 무서웠어. 입국할 때 받은 영주권이면 되는 줄 알고 달아났잖아. 이십 년 넘게 이 고생할 줄 알았더라면 이 년만 꾹 참는 건데. 이거나마 오바마가 서류미비자 사면정책을 쓴다니까 영사관에 찾아가서 분실한 한국여권도 만들 용기가 있었지. 아, 좋다! 빙하가 다 녹은 뒤

에나 오게 되면 어쩌나 했는데, 멀리서 빙산들만 봐도 마음이
시원해!"

바다를 향해 있던 성연이 몸을 천천히 돌려 현주의 얼굴을
바라보며, "현주야, 그래도 넌 여전히 곱다. 누가 너를 오십으
로 보겠어. 고우시던 너희 어머니 생각난다. 물려받은 피부에
감사해라." 라고 위로를 대신한다.

"울 엄마 하얀 피부 때문에 엄마 인생이 그렇게 된 거 아니
겠어. 나야 일부러 한국을 떠나려고 펜팔까지 해서 바다 건널
작정을 하다가 이 꼴 됐지만, 엄만 청춘을 바친 사랑 때문에
한평생 고생이 많으셨지. 지금까지 내 언니라는 게 엄마를 괴
롭히고 있잖아. 생모를 보고 싶다는 언니가 나타나면서 모든
게 풍비박산이 난거야. 그분은 엄마가 혼전 일로 이혼당한 거
알고부터 매월 생활비까지 보내온 거잖아. 못 배웠다는 거 하
나 때문에 기껏 밀가루공장 사장이던 외할아버지의 혼인 허락
을 못 받아서, 그 한으로 그분은 지금 식품업계 회장님이 되었
잖아. 그분이 작은 회사를 세울 때부터 울 엄마 이름을 딴 거
래."

말을 마친 현주가 들고 있던 병의 물을 한 모금 마시는 틈에
성연이 말했다.

"어쩐지 기업체 치고는 이름이 예쁘더라. 현주야, 난, 언니

가 너나, 어머니를 두고두고 괴롭히는 거 이해해. 엄마를 독차지하고 자란 것에 대한, 의사에게도 말 못하는 질투라는 병이야. 거기다 동생이 멍청이나 했으면 좋았을 텐데 그것도 아니고. 언니를 치료하기 위한 처방은 적수인 네가 바보처럼 굴었던지, 미친 척했어야 했어. 그러면 서울을 떠나올 필요도 없었는데. 다시는 서울로, 아니 아무도 없는 제주도라도, 한국으론 절대 돌아가지 않겠다니까 마음 한편이 아플 거다. 먹고 살게 해준다는데 나라면 서울로 돌아가겠다. 어머니도 편찮으시고. 난 너희 어머니가 쓰러지셨다는데도 늙으신 모습이 전혀 상상이 안 돼. 아날로그 시대에 성이 다른 채 인정하는 두 딸을 낳으셨고, 먼발치서나마 일생을 보살펴준 연인이 있잖아. 불행한 여인의 행복! 인생은 가슴 떨리는 시절이 끝나면 곧장 다리가 떨려서 쓰러지는 거야. 난 공부와 일밖에 모르고 살았어. 고향에 내려가서 약사로 근무하는 동안 십 년이나 끈질기게 쫓아다니던 사람이 있었는데 그 사람이 가끔 궁금해. 한번 만나보고 싶어. 날 아직도 좋아하느냐고 물어보고 싶어. 고시는 붙었는지…. 그때 내가 왜 그렇게 바보처럼 굴었는지 모르겠어. 너무 후회 돼! 매듭을 풀고 싶어!"

느긋하게 해안가 풍경을 바라보며 성연의 말을 듣던 현주가 약간 높은 어조로 말했다.

"좋아하기는커녕 기억에도 가물가물하다고 할 것 같으니까 잊어! 그 사람과는 인연이 거기까진 거야. 정녕 애인을 만들고 싶으면 일부터 줄여. 그리고 하다못해 최고경영자교육원에라도 등록하고 얼굴 도장을 찍어. 요즈음은 그런다더라. 하긴, 거꾸로 네가 낚싯밥에 물릴 수도 있으니까 그만 둬라. 어제 저녁 우리 테이블 팀 중에 내 옆에 앉은 육십 정도 된 여자분 있지? 캐나다에서 오신 분! 얘, 저 앞쪽에 분홍 점퍼 입으신 분 보이지?"

"응! 알아."

"그분이 서울서 혼자 오신 분하고 이야기하는 것 들었는데, 젊었을 때 일찍이 캐나다로 이민 온 거래. 시댁이 한국에서 제일 오래된 은행 대주주였다나 봐. 시아버님 돌아가시고 장남인 남편이 그 재산을 다 물려 받았는데 이 아줌마가 시어머니하고 사이가 안 좋아서 집안이 불편하니까 남편이 늘 친구들하고 밖에서 술을 마시다가 밤늦게 귀가하곤 했대. 그러다 어느 날 술로 객사를 했는데 죽은 남편을 선산에 옮기기도 전에 밤마다 수십 명의 남편 친구들이 전화를 하더란다. 그때 정신 차리고 아이들하고 이민 온 거래. 이젠 며느리하고 사위도 보고 손자가 다섯이래. 그러니 너도 생활비 벌어다 줄 사람 찾지 말고 아이들 아빠하고 조용히 그냥 살어. 여기저기 사둔 집 여러 채 때문에 패가망신하지 말고, 팔아서 융자 줄이고 스트레스를 덜 받는 게 낫겠다. 네가 지금 힘에 겨워서 그래. 행여 달거리하는 동안은 연애니 어쩌니 하는 생각 아예 말어. 생활비나 유전자 검사나, 사람 관계가 돈으로 보이면 끝인 거야. 그림자 더 길게 만들지 말고. 사람 말은 귀신이 듣는데. 사람에게 밟히지 않고 귀신에게 먹히지 않으려면 그림자 씨를 만들지 마."

성연이 바깥, 해안가로 눈을 돌리며 말을 받았다.

"걱정 마! 나, 벌써 삼년 전에 끊겼어. 우리 엄마가 나더러 약학대학 가라고, 사주 보면 남편덕 없다니까 혼자 벌어 살려면 취업률 높은 약대나 사범대 가라고 하시더니 내 팔잔가봐. 운명은 앞에서 오고 숙명은 뒤에서 덮친다고 중매하고도 어떻게 이렇게 만났는지, 운명이란 걸 믿는 게 아니었는데. 저 많은 물개들과 운명이란 말이 어울려? 다 사람이 만든 말이야."

"병수발을 하는 것도 아니고, 건강하잖아. 대신 네가 충분히 잘하고 있잖아. 독립기념일 연휴에 여기까지 와서 독립선언을 하려는 거야? 계산하지 말고 살어. 피카소가 그랬잖아, 최고의 계산은 계산을 하지 않는 거라고. 나는 너처럼 치밀하고 복잡한 생각으로는 못 살 것 같애. 나는 오로지 나의 선물이고 나와 마지막까지 함께 있을, 나만 생각하고 사니까 속편해. 날마다 그 하루가 온전히 내 몫이고 축복이고 마지막인 것처럼 사니까. 만 년을 살 것도 아닌데."

성연이 깊은 생각에 잠긴 듯 입을 꾹 다문 채 바깥을 바라보고 있었다.

성연의 말을 기다리던 현주가 다시 덧붙였다.

"넌, 면허라도 있어서 떳떳하게 살지만, 날 봐. 오자마자 시험준비나 할 걸. 신혼 몇 달 만에 도망 나와서 얼결에 취직한 게 화장품 가게라니. 그것도 이 나이까지. 기초 화학공부를 잘한 덕에 고객들에게 신상품 설명하나는 확실히 하니까 그나마 배운 거 남 안준다는 게 맞는 말이야."

성연이 고개를 돌려 현주의 분홍색감의 맑은 뺨을 쳐다보며 말했다.

"그 덕에 나보다 십년은 어려 보이잖아. 타고난 것도 있지만 아무래도 남보다 좋은 화장품 많이 쓰고 손질도 더할 거 아니니."

현주가 손바닥으로 자신의 이마를 훑으며 말하는 모습이 마치 학창시절의 새침데기 같았다.

"난, 화장 거의 안 해. 너 주는 사은품하고 똑같은 거, 똑같은 양 쓰는 거야. 본사에서 나와서 마사지 해준다고 해도 나는 절대 안 해. 우리 사장이나 직원들만 해."

현주가 성급하게 대답하는 바람에 쓸데없는 진실까지 말해 버린 꼴이 되었다.

"현주야, 너, 진짜 젊다! 근데 난 좀 춥네."

성연의 말끝에 현주가 껄끄러운 듯 성연을 살짝 쏘아보고는 말을 돌렸다.

"안색이 안 좋아. 새벽에 못 잤어?"

"너 잠들고 좀 더 있다가 잠들었나봐."

성연이 답변을 하자 현주가 이야기를 다시 이끌었다.

"너가 준 약 반 알씩 나누어 먹자니까, 시달리지 말고 약 먹고 숙면했으면 좋았을 걸. 잠 못 자면 생각이 꼬리를 물어서 낮의 근심이 밤까지 이어져서 두 배로 늙어. 그게 싫어서 내가 약을 먹고 자는 거잖아."

약방 주인 텃세라도 하듯 성연의 음성이 갑자기 차가워졌다.

"난, 못자는 한이 있더라도 약은 절대 안 먹어!"

성연의 토라진 말투를 아우르듯 현주가 웃음을 띠우고, "왜? 나한테 유효기간 지난 약들 준 거야?" 라고 농담처럼 말을 하자, 성연이 불쾌한 표정으로 조심성 없이 언성을 높인다.

"현주야, 내가 그 약 챙겨주려면 의사들 처방한 숫자에서 한 두 알씩 모아 주는 거 알아? 심장약이나 혈압약이면 몰래 빼주지도 못해. 그리고 내가 우리 약방에 들고나는 알약, 물약, 모두 맛을 봤어 봐라, 방부제 덕에 너보다 더 젊어 보였거나, 벌써 간경화로 죽었겠지. 난, 약 넌더리가 나. 먹고 살기 위해서 날마다 약장으로 꽉 찬 작은 공간에서 조그만 알갱이들이나 세고 있어 봐라."

'너는 오너이기나 하고, 떳떳하기나 하지.' 라는 말이 목구멍까지 올라오지만 현주는 꿀꺽 삼켰다.

현주는 반쯤 남은 병의 물을 마저 마셨다. 동시에 머릿속이 복잡해졌다. 성연이 학교 동기이긴 하지만 쓸데없이 과민해지고 전 같지 않은 모습은 갱년기 탓이 아닐까 하고. 오래전에 배운 호르몬과 여성의 정신적 질환에 대해 떠올렸다. 그때, 문득 몇 년 전 큰 매장으로 막 옮겼을 때의 일을 기억해냈다. 프랑스의 유명 화장품 코너 쪽에서 화장품을 고르던 남자를.

그날, 현주는 한국 제품 코너에서 고객과 상담하던 중에 반대편 거울로 그 남자의 얼굴을 보았다. 종업원들은 이따금씩 남성 고객이 찾아오면 까다롭지 않으면서 큰 매상을 올릴 수 있어 대체로 특별히 반기는 분위기였다. 그 남자가 찾고 있는 건 유명 여성용 향수였다. 남자는 직원에게 포장까지 부탁하고는 선 채로 기다렸다. 현주는 둥근 입식거울로 자신의 얼굴을 가려가며 반대편 벽의 큰 거울을 주시하다가 선물용 백을 들고 돌아서 나가는 모습을 확인했다. 성연의 남편이 확실했다. 그날 이후 성연을 만날 때마다 코를 킁킁거려봤지만 아무 소용이 없었다. 성연이 입은 유행지난 옷에서는 나프탈린 냄새만 맡아질 뿐이었다. 그리고 얼마 후 새로 오픈한 매장으로 옮겨가는 바람에 유럽제품만으로 3종 세트를 주로 사간다는 성연의 남편을 다시는 확인할 기회가 없었다. 그때 일을 떠올리자 옆에 앉아 있는 성연이 괜시리 측은했다.

현주가 속을 적시듯 물을 천천히 다 마시고는 성연을 향해 돌아앉으며 말을 건넸다.

"여기까지 와서 어둔 소리 그만하고 지금까지 총정리나 하자!"

성연이 표정을 바꾸고 진지하고 침착한 어조로 대응했다.

"난, 그제 앵커리지에서 들렸던 박물관이 좋더라. 내셔널지오그래픽에서 선정된 박물관이랄 만큼 가치가 있더라. 그 옛날 원주민들이 쓰던 생활용품들이 어쩌면 그렇게 정교한지. 박물관 나올 때 숍에서 모조 바구니 하나 살까하다가 그만뒀어. 근데 어쩜 그 시절에 무슨 안목으로 이 미개발지를 샀을까. 쓸모없다고 팔아버린 건 또 뭐고. 확실히 조상들의 역사를 배울 필요는 있어. 실수는 되풀이되니까."

현주는 꾸물꾸물 지나온 것들을 되새기며 천천히 말문을 열었다.

"나는 그 박물관의 대형 그림들이 좋았어. 설경을 어떻게 그렇게 따뜻하게 그렸는지. 그리고 오늘 여기로 오는 동안 추기애치 산맥의 비경이 정말 좋았어. 가이드 말대로 붙여진 이름 옆산, 뒷산, 앞산, 산을 등지기도 하고 품고 오기도 하고 정말 오랜만에 평온하고 행복했어. 공기는 엘에이에 비하면 말할 것도 없으니까 그것만 해도 어디야."

성연이 현주의 옆모습을 보며 차례를 이었다.

"다른 것도 다 좋지만 이번 관광은 이십여 명밖에 안 되는 일행들이 좋더라."

"성연아! 저녁에 우리가 호수 주변을 걷고 와서 로비에서 만난 사람들 있지?"

성연이 확인하고 싶은 듯 주위를 둘러보았다.

"응, 그 부부들 안 보이네!"

"성연이 네가 웃자고 동창회에서 들은 것 이야기했잖아. 연세 드신 두 분은 금수강산이고, 젊은 두 분은 화려강산이고, 우리는 막막강산이라고. 사람들마다 사연은 다 있어. 일어서서 먼저 나가는데 남자가 다리를 절더라. 부인 소지품 가방을 메어 가려져서 그렇지 한쪽이 모두 중풍이 온거던데. 아직 한참 젊던데…. 거기다 금수강산에 속하던 그 부인은 유방암 치료 중이래. 캐나다에서 오신 분하고 이야기하는 거 들었어. 남편이 퇴근하고 집에 들어올 때 한 번도 현관 키를 써 본 일이 없을 정도로 금슬이 좋았었다는데……."

현주의 말꼬리가 엷어졌다. 성연 역시 억양이 좀 전의 편한 톤이 아니었다.

"그래서 어제 본 면사포 폭포가 멋있는 거야. 신의 여인을 위한 오십 미터가 넘는 면사포! 변치 않고 하얀 눈 녹은 물을 한없이 뿌려 주고 있잖아. 어쩌면, 반려자를 구하지 못한 신의 로맨티시즘인지도 모르지……."

성연은 그 말에 이어 생각에 도취된 듯 아주 작은, 옆에 앉은 현주가 겨우 알아들을까 말까한 소리로 흥얼거렸다.

"또 하루 멀어져 간다~ 내 기억 속에 무얼 채워 살고 있는지~ 머물러 있는 청춘인 줄 알았는데~ 비어가는 내 가슴속에 아무것도 찾을 수 없다~ 내가 떠나보낸 것도 아닌데~ 내가 떠나 온 것도 아닌데~ 매일 이별하며 살고 있구나~."

성연은 노래 가사와 음절에 취해 바닷길 멀리멀리 떠나오고 있는 것만 같았다.

'매일, 이별하며 살고 있고나…….'

현주 자신도 어느 사이 가사를 따라 읊조리고 있었다. 성연은 노래가 끝나자 말을 잃어버린 사람처럼 조용했다.

현주는 가사가 너무 허무적이라고, 밝은 걸로 바꿔 부르라고 말하고 싶지만 제 몫이 아님을 알고 조용히 바깥 풍경만 바라보았다.

빙산이 해수면 위에 점점 늘어났다.

흥얼거리던 성연이 무얼 생각하는지 표정이 굳은 채 긴 시간 동안 아무 말이 없었다. 둘은 각자의 앉은 위치에서 고개를 돌려 자기 쪽의 바다에 떠도는 멀고 가까운, 크고 작은 유빙들을 바라보았다.

"와!"

사람들의 조용한 환호성에 두 사람의 눈길이 동시에 앞을 향했다.

어느덧, 유람선이 커다란 파란 빙벽 가까이 다가가고 있었다. 젊은 관광객들이 선실 바깥으로 몰려 나갔다. 그때, 다급히 알려주는 선장의 목소리에 이어 갑자기 엄청나게 큰소리가 울렸다.

"쾅!"

집채보다 큰 빙산이 갈라지면서 바다 표면 위로 부딪히는 소리가 마치 천둥소리 같았다. 현주가 벌떡 일어나 출입문을 열고 밖으로 나갔다. 얼굴이 갈라지는 듯한 추위는 느꼈지만 두터운 점퍼 덕에 견딜 만했다. 현주는 사진이나 비디오를 찍고 있는 수십 명의 관광객들 사이를 비집고 쇠로 만든 난간이 설치된 뱃머리 가까이 다가갔다. 시야 멀리에 있는 산 정상에서 해안가로 밀려 내려온 수십 미터 높이의 빙벽이 눈앞에 펼쳐졌다. 빙벽에서 갈라져 떨어져나간 빙산의 조각들을 좌우 고개를 돌려가며 바라보았다. 동상처럼 갖가지 형상으로 떠 있는 빙산들. 몸체가 워낙 커서 이전에 낙하된 빙산 위에 삐딱하게 누울 수밖에 없는 것들과 삼각형처럼 뾰족한 것들. 해수면 위에서 얼마나 지냈는지 유연한 듯 하얀 거품처럼 떠 있는 수많은 작은 빙산들까지. 유람선이 빙산 가까이 다가갈수록 체감 온도가 급격히 떨어져 관광객들은 하나둘씩, 모두 배 안으로 들어가고 어느덧 현주 혼자만 남아 있다. 배는 서서히 빙하 가까이, 조심스레 조금씩 더 가까이 다가가고 있었다. 그때, 해면 가까운 곳의 커다란 빙벽이 서서히 꿈틀거리는, 쪼개져 나갈 조짐을 알아채고 선장의 다급하면서도 신중하게 방향을 알려 주는 목소리가 스피커를 타고 빠른 속도로 들렸다.

그리고 잠시 후였다.

"쾅!"

현주의 온몸에 진동이 일었다.

'누구의 살인가.'

어미의 살에서 베어져나간 살점처럼 빙산의 커다란 조각이 해면 위로 쓰러져 크게 누웠다. 몸체의 대부분은 바다에 잠기고 3분의 1 가량만 해면 위로 솟았다.

'과거는 결코 가볍지 않다는 증거겠지.'

차디찬 공기 속에서 눈가가 젖어들었다.

빙산의 조각이 해수면 위로 떨어지면서 몸통은 더 차가운 바다 밑으로 숨긴다는 것이. 사람들의 아픔도 저만큼만 위로 솟는 걸까. 여기저기에 흩어진, 오래전에 떨어져 나온 조각들이 차마 쉬 녹지 못하고 있는 것이었다. 크고 작은 형상들이 사람마다 품은 업보와 상처들 같아, 시린 한기가 먹먹하도록 가슴에 스미었다. 그렇게 한참을 서 있자 쓸모없는 생각들이 사라져갔다.

시야 안으로 펼쳐진 광경이 점차 끈끈하고 따뜻하게 보이기 시작했다.

현주는 해수면에서 눈을 떼고 멀리 주변의 산들을 보다가 문득 앵커리지 박물관에서 본 설경을 떠올렸다. 저렇게 솟구쳐 오른 산이 없다면 평지도 푸근할 수 없으며 밀물과 썰물을 번갈아 끌고 다니는 거센 파도가 없는, 이처럼 잔잔하고 편안한 바다는 없을 거라고, 설경을 따뜻한 색상으로 화폭에 옮긴 화가의 마음이 감지되었다.

어느 빙벽에서 또다시 떨어질지 모르는 도발적인 광경을 보여주기 위함인지 선장은 배가 빙벽과 적당한 거리를 두고 한참 동안을 머물게 했다. 어쩌면 추위를 잊고 갑판 위에 홀로 서 있는 여인의 모습을 내려다보고 있을지도 모른다. 아마도 선장은 파란 빙벽이 가까운 가장 깊고 추운 곳에 여인이 혼자 오래도록 서 있다는 것에 긴장하고 있는지도.

얼마간 지나서야 현주는 자신의 작은 존재를 다시 의식했다. 짓눌리고 무겁기만 했던 육신이라도 커다란 빙하에 비하면 자신은 단 한 방울의, 물방울만 한 존재도 못 된다는 것을 생각하자 마음의 찌꺼기가 마저 사라지는 것 같았다.

현주의 양쪽 귀와 코가 뻘겋게 얼었다. 추위가 점점 점퍼 아래쪽인 다리 뼛속 깊이 스며들자 아련한 기억이 되살아났다. 스케이트를 타며 얼음을 지치던 어린 시절. 엄마 아빠의 손을 번갈아 잡으며 깔깔거리던 옛날 옛적의 추억이 아련하게 떠올랐다.

'하하하하! 하하, 하!'

그때 이후 잃어버린 웃음이다. 입가에 엷은 웃음을 머금는데 이상한 소리가 조금씩 끼어들기 시작했다.

수천 마리 바다사자들의 울음소리가 배 뒤쪽에서 들려왔다. 높이 나는 독수리의 힘찬 날갯짓소리도 들렸다. 수십 미터의 빙벽이 쪼개지면서 해수면과 부딪치는 찰나의 굵고 큰 소리!

얼음들이 움직이는 소리. 잔잔한 물결소리. 멀리 폭포수 흘러 내리는 소리. 광활한 파란 하늘이 장식하고 싶은 만큼 하얀 구름들을 실어나르는 소리. 대자연의 협주곡이 날카롭고, 예민한 지휘봉 같은 북극 바람의 춤에 실려와 얼어가는 귀를 뚫었다. 때 묻지 않은 천지의 합창인 듯 멋스럽게 조화를 이루며 오케스트라가 되어 귓속으로 따뜻이 스며들었다.

눈으로 귀로 만끽하며 추위쯤은 잊고 있었다. 사람의 소리를 들은 지가 마치 오래전인 것 같았다. 두렵던 언니의 목소리도 깨끗이 잊었다. 스피커를 통한 선장의 마지막 목소리를 들은 것도 까마득했다.

혼자 바라보는 광활한 공간과 추위를 오래도록 감당하며 천연의 소리에 심취했다.

추위에 한참을 견디고 있을 때, 선실 안에 있던 성연이 아직까지도 현주가 뱃머리에 서 있다는 걸 알아체고는 밖으로 나왔다.

"현주야, 안 추위? 젊기는 젊다! 이층에 올라가서 보자!"

꽤, 긴 시간이 흘렀다.

현주가 발걸음을 떼자 그때서야 뱃머리도 천천히 회전하기 시작했다.

이층에 올라서자 항로를 따라 항해를 조정하는 선장의 모습이 제일 먼저 눈에 뜨였다. 해수면 위에 떠 있는 커다란 빙산의 큰 조각들을 조심스레 피해가는 노련한 솜씨를 엿볼 수 있었다.

선장은 말끔하게 생긴 중년의 백인 남자였다. 현주의 남편이었던 그 사람처럼 건장해 보였고 하루 두세 번쯤은 손질할 것 같은 말쑥하게 깎은 수염 때문인지 전남편보다 훨씬 미남이었다. 지금쯤 그 사람도 이 정도는 중늙은이가 되었을 거라고 현주는 선장을 흘끗 한 번 더 훔쳐보며 생각했다.

선장 가까이서 앞을 바라보는 광경은 북극 전부를 보는 듯했다.

잠시 동안 자리를 둘러본 성연이 현주의 팔을 잡아끌며 재촉했다.

"자리가 하나도 없어, 내려가자!"

성연을 따라 다시 원형의 층계를 밟아 아래층으로 내려오는데 커피가 있는 가판대 위에 그림엽서들이 진열되어 있었다. 성연이 앞서 가고 뒤에 처지던 현주가 발걸음을 멈췄다.

엽서 하나에 얼굴 하나씩을 떠올리며 종류별로 사진들을 들여다보았다. 이 나이만큼 살았어도 기껏 세어 봐야 다섯 손가락 안에 드는 사람들만이 머릿속에 떠오르자 그림자가 거의 없는, 가벼운 기분이 들었다. 알래스카에 있는 동안 서울로 띄

울 것들이었다. 어쩌면 썼다가 지우거나, 쓰고도 부치지는 못하는 엽서가 될지도 몰랐다. 엘에이공항이 몇 십 분 거리에 있는 곳에 살면서도 인천행 비행기는 전혀 타고 싶지 않았던 것처럼. 그래도 엽서를 하나씩 손에 쥐고 고르기 시작했다.

프린스 윌리엄 사운드 지역의 빙하. 장엄한 폭포수. 북미 최고봉인 맥킨리의 거대한 풍경. 빙하지대를 누비는 개썰매. 연어를 잡기 위해 폭포로 뛰어드는 곰들의 모습 등을 찍은 엽서들을 차례로 손에 쥐고 있었다. 그때 선장을 닮은, 아르바이트생처럼 보이는 젊은 사내가 언제, 어떻게 건져올렸는지 사내의 가슴만 한 유빙의 조각을 방수용 장갑으로 받쳐 들고는 현주 앞에 불쑥 내밀었다. 뜻밖의 상황에 현주는 손에 들고 있던 엽서들을 한꺼번에 내려놓고는 머뭇거림 없이 맨손으로 차가운 얼음을 만지는 동시에 뾰족하게 솟은 부분에 입맞춤까지 하자 무거운 얼음을 들고 있던 사내가 말했다.

"얼음에도 미생물이 있으니 먹지는 마세요."

부드럽고 친절한 경고였다. 현주는 고맙다는 인사 대신 웃음을 보이고는 맨손으로 얼음을 다시 어루만진다. 주변으로 한 사람씩 모여들기 시작했다. 여러 사람의 손길이 닿자 물줄기가 바닥으로 뚝뚝 떨어져 흘러내렸다. 일만 년을 넘게 유지했을 얼음이 순하게 녹고 있었다. 상처 받기 위해서가 아니라

사랑받기 위해 존재했다는 듯, 언젠가는 다시 얼음이 될, 순한
물이 되고 있었다. ⚥

— 『PEN문학』 2014년 1 · 2월호

그림자의 눈물

그 실체는 도저히 눈물을 흘리고 싶어도 울 수가 없어 그림자가 대신 우는 처절하고 절박한 생의 이야기.

사람의 침묵 속에 신의 침묵도 함께하는가. 소설의 화두에 작가는 그림자가 눈물을 흘린다고 답합니다.

그림자의 눈물

마켓으로 들어선 그녀는 카트나 바구니를 들지 않는다. 그
녀는 주저 없이 빠른 걸음으로 신선해 보이는 과일 진열대 쪽
으로 걸어간다. 노랗게 익어가는 바나나 한 무더기를 집어 든
다. 돌아서던 그녀의 시선이 싱그럽게 피어 있는 생화 진열대
에서 멈춘다. 분홍빛 장미 한 다발을 든다. 만개한 꽃을 집어
들자 미소를 머금는다. 그녀는 수십 개의 꽃잎들이 온 힘을 다
해 우주의 기를 흠뻑 빨아들인 듯 화사한 장미를 보며 오랜만
에 순한 웃음을 짓는다. 꽃잎들은 상처 하나 없다. 조용한 숨
소리인양 향기가 그윽하다.

얼마 후 계산대 앞으로 다가선 그녀는 주변 아무것도 바라
보지 않는다. 계산대 위에 올려놓은 노란 바나나 묶음만 바라

보며 얼마나, 더 많은 바나나를 먹어야 원숭이로 되돌아가는 걸까, 하늘빛이 쏟아지는 나뭇가지 사이를 훨훨 자유롭게 오가는 원숭이가 되는 것일까를 생각한다.

한 손엔 바나나 봉지를 다른 한 손엔 온통 분홍빛인 장미 한 다발을 손에 든 그녀가 계산대를 막 벗어나 비상계단 쪽으로 접어들던 순간이었다. 타일바닥을 거칠게 마대질을 하고 있는 그를 발견했다. 그녀는 하마터면 그의 그림자를 그대로 밟고 지날 뻔했다. 마대질을 하던 그도 그녀를 보았다. 그 순간, 그가 그녀의 팔을 잡아당겨 끌다시피 층계 쪽으로 갔다. 지하 마켓에서 지상으로 통하는 비상계단이다. 층계참에 앉자 그의 팔 힘이 멈춘다. 두 사람은 층계 코너 한쪽에 어색한 모습으로 나란히 앉아 있다. 검은색이 윤이 나게 닦여진 차가운 대리석 층계다.

마켓 안은 쇼핑객들이 많았지만 아래, 위층을 오르내리는 승강기가 있었으므로 특별히 비상구 쪽을 이용하는 사람들은 드물었다. 비상구 층계 중간쯤에 앉아 있는 그녀의 시야에는 마켓의 한부분이 훤히 내려다보였다. 마켓 카트를 끌며 이것저것 많은 것을 담고 있는 쇼핑객들의 얼굴엔 삶이 지루하다는 기색은 전혀 없어 보였다. 사람들의 시선이 분주하게 반짝거린다. 각양각색의 모양과 색깔들이 많기 때문일 것이다. 과일, 우유, 육류, 견과류, 야채, 라면, 밑반찬, 아이스크림 등을 카트가 넘치도록 채우고, 또 담는 이도 있다. 그런 풍경 앞에서 침 한번 넘기지 않고 허기를 모르는 채, 느긋하고 무관심한 표정을 짓는 그녀에게 먹는 재미가 없으면 무슨 재미로 사느냐고 되물어 올 것 같은 사람들. 눈앞의 풍경을 보며 그녀는 혼자 이런 생각을 한다. 치아들이 좋은가 보다, 하고.

그녀는 지난해 어금니 한 개와 앞니 하나가 혀 위로 쑥 빠져나왔다. 잇몸까지 바람이 들었다. 그때 혀에 닿는 맛을 다 잃었다. 달고 시고 쓰고 짜고 매운 맛을 느껴본 지 오래다. 그만큼 힘들었다. 다 잊으려고 했다. 점차 잊어가는 중에 이렇게 다시 이 남자를 보게 된 것이다.

그날이 없어야 했다. 우연히도 사장인 남자와, 식당 홀에 단둘이만 남게 되던 그날, 사랑한다고 했을 때, "미 투!"(Me too!) 하지 않은 죄. 귓등으로도 듣지 않았으니, 없었던 일로 하세요, 그리고 더 거리를 두고 조심했던 것이 결국 남자의 심술과 오기와 질투를 불러일으켜 끝내 여기까지 오게 되었다고. 그녀는 지금, 사랑이라는 단어에 모멸감을 느끼던 그날처럼, 전락한 남자의 모습에 소리 내지 못한 채 놀라움을 감추고 있는 것이다.

얼결에 붙들려 앉혀진 그녀는 옆자리의 남자를 애써 의식하지 않으려 했고, 남자는 반가운 마음에 주변 눈치 볼 틈 없이 여자의 얼굴에서 한참 동안 눈을 떼지 못한다.

남자가 무슨 말인가를 하려고 마른침을 삼킬 때, 한층 위의 계단에서 중년의 사내가 핸드폰 통화를 하면서 걸어 내려오고 있었다. 사내의 커다란 목소리가 그녀의 고막에 닿는다.

"당신이 지금 아무리 힘들어도 탈레반 무장단체에 잡혀 있는 인질들만큼이야 힘들겠어? 아침신문 봤어? 인질 중에 살해된 남자의 아버지가 기도하는 모습! 부성! 참 기가 막히지. 자네 힘들다는 소리가 오늘은 왜 그렇게 허영으로 들리냐. 사치야. 인간들을 다 경멸하고 싶다고 그랬지. 나는 웬일인지 하루하루가 고맙기만……."

그 소리가 그녀 기억의 뇌 한켠을 건드린다. 언제 목숨이 끊어질지 모르는 절대절명의 순간에 비할 수는 없겠지만 그러나 그 기억은 악몽이었다.

그땐 소리 없는 총에 맞은 듯 분명 무척 힘들고 아팠는데, 그러나 거의 잊혀져 가던 그 악몽이 옆자리의 남자로 하여 더욱 구체적으로 되살아났다.

그녀는 상체를 부르르 떨며 속으로 남자를 저주한다.

'당신의 살인은 무죄다. 왜냐하면 당신은 짐승이니까.' 하고.

그때 남자가 고개를 돌려 그녀의 얼굴을 보며 바짝 마른 입술로 말한다.

"그동안 어디 갔나하고 찾았지."

그의 말소리는 다정한 사이처럼 자연스럽다.

그녀는 혼자인 듯 아무런 동요가 없다. 그리고 생각에 잠겨든다.

참, 뻔뻔스럽군요. 옆에 앉은 당신이 강아지라면 차라리 머리털이라도 쓰다듬어 주면서 마주 볼 수 있었을 텐데. 말이 통하지 않는 개나 고양이에게 온 정성을 쏟는 사람들을 이해할 것 같아요. 아, 동물농장의 칠계명 중의 하나가 그런 거겠군요.

두 발로 걷는 자는 적이고, 네 발로 걷거나 날개가 있는 자는 친구라고 외친 동물의 안목이 부럽습니다. 맞습니다. 두 발 달린 동물은 저열하고 말고요. 전쟁터의 스파이처럼 친구의 정보를 빼내 배신하고, 그 친구 주변까지 모두 말살하는 게 두 발 달린 동물들의 계략이니까요. 배신과 함께 마지막 대면에서 쏟아 놓은 말, 당신 정보를 준 건 당신 친구들이었지, 알아. 당신을 배신한 건 내가 아니라 당신 친구들이란 말이야, 하면서 한 번 더 저열해지는 거. 평상시 오빠, 언니처럼 생각하라

했던 당신들의 마지막 대사가 그랬습니다.

의인은 하나도 없다고 한 말이 맞습니다.

모든 오감이 참패당하는 순간이었습니다. 온 전신에 소름이 오싹하더니, 그때 촉감의 기능을 하던 더듬이가 쭉 오그라들면서 다 죽어버렸습니다. 다시는 누구도 사랑할 수 없도록 촉감의 기능이 마비되었죠. 무참히 짓밟혀버렸습니다. 모략은 늘 줄줄이 잘 엮어진 시나리오 같습니다. 정신없이 한꺼번에 몰아세웠습니다.

좋았던 일만 생각할 수 있으면 얼마나 행복할까요. 연변에서 온 내 고향 사람들이 이왕이면 내가 일하는 식당에 많이들 왔었죠. 그렇게 해서 그들이 당신 사장 부부와도 가까이 지내게 되었죠. 내 쉬는 날, 혹 친구들이 오기도 하면, 당신 부인이 잘해주었다고 합니다. 시작은 그랬는데, 왜 끝이 이렇게 되었나요. 내 고향 친구들을 자주 보게 되면서 한 사람 한 사람 평가를 하셨죠. 그리고는 이러저러니 가까이하지 말라고, 조심하라 해놓고는 그 사람들에게는 또 내 험담을 만들어서 떼어놓기도 했습니다. 기막힌 술수였죠. 나보다 밥을 더 먹고도 인생 경험이 부족했나요. 모두, 참 바보들이었습니다. 대항하기보다 침묵하는 게 모두에게 좋다는 걸 알면서 막상 내 일이니까 잘 안 되었습니다. 이젠 친구를 만들지 않습니다. 모두 일회용일 뿐입니다. 방에 가구도 없이 삽니다. 언제든 내다버리기 아깝지 않은 종이박스 몇 개가 철 지난 옷을 담고 있을 뿐입니다. 심지어 말동무가 필요하다 싶으면 혼자서 여행을 떠납니다. 아시겠어요. 혼자 보는 달이, 강물이, 낯선 풍경들이 얼마나 따스하게 말 걸어 오는지. 조용히 바람을 맞는 숲을 바라보면서 속으론 그 숲도 힘들어 하면서 자란다는 걸 알았죠. 사람과는 절대로 얽이지 않아야 한다는 걸 철저히 배우고 나니까 모든 것에 집착이 없어졌어요. 미국 와서 나쁜 것만 배운 것도 아닌데, 먼저 애인도 배신키로 했지요. 나 자신 소름이 끼칠 만큼 무서웠습니다. 그래서 많이 울었습니다. 그 만큼 사람에 놀랐습니다.

그때 갑자기 마켓 쪽에서 소란스런 분위기와 큰소리가 들려왔다. 두 사람이 앉아 있는 층계 맞은편 5번이란 번호가 보이는 계산대에서였다. 손님인 노인이 아르바이트생으로 보이는 남자 종업원을 향해 소리는 지르고 있었다.

"이놈이 애비 같은 사람한테 말대꾸야. 이거 분명히 어제 사갔다고 했으면 믿어야지. 영수증 내놓으라고? 일 불짜리 영수증을 꼬박고박 챙겨야 하냐? 기한 지난 물건을 팔았으면 영업 정지야! 곰팡이 핀 빵을 눈으로 보고도 그래! 너 같은 놈하고 얘기하기 싫으니까 매니저 나오라고 그래!"

그런 소란을 눈앞에 두고도 그녀의 눈길은 여전히 검은 대리석 바닥 위에 있다. 불의는 참아도 불이익은 참지 못하는 세상이란 걸 실감하면서 그녀는 홀로인 듯 생각을 이어간다.

당신들 혀의 길이가 무척 길었습니다. 중국과 엘에이를 몇십 번 오갔지요. 그 혀는 칼날처럼 사람을 토막내는 기술도 가졌어요. 나 역시 당신들 파멸을 위해 독사 같은 마음을 먹을 수도 있었지요. 그런데, 당신 입장으로는 다행스럽게도 내가 링컨의 말을 기억하고 있었습니다. 아무에게도 원한을 품지 말고, 모든 사람에게 자비로써, 하나님의 정의를 보여 주신 것처럼 하라는.

그녀의 생각이 끊긴다. 남자는 그녀가 계속 침묵으로 일관하고 있자 답답한 듯 그녀의 옆얼굴을 보며 다시 입을 열었다.

"연락처라도 알려줘! 그동안 코리아타운을 떠나서 산 모양인데 뭐하고 살았어? 보다시피 나는 다 망해서 이렇게 마켓 청소부야. 이혼도 했고… 진드기처럼 그러지 않을 테니까 연락처나 좀 줘."

그녀는 두 손으로 입을 가리고 벙어리 시늉을 하던 원숭이를 떠올린다. 남자는 그녀가 자신의 말에 대꾸를 거부하고 있는 것이 마치 일시적인 거식증 환자처럼 착각한다. 시원한 음료수라도 가져다주고 싶지만 이내 토해버릴 것 같아 주저한다. 밝고 상냥하고 푸근하던 그녀 본래의 모습이 없다. 귀기서린 냉랭함뿐이다. 그녀는 다시 생각 속으로 잠긴다. 갑작스런 만남에, 많은 사연이 한꺼번에 밀려든다.

내가 식당 문을 나선 그날 저녁의 소동은 숨겨져 있던 너저분한 모험이 터진 것뿐입니다. 그래도 1년여 몸담았던 일자리였고, 정도 많이 들었다고 생각했지요. 힘들게 미국에 와서 잡은 첫 직장이었고 당신들도 그때 막 개업한 요식업의 초보자들이었으니까 서로들 희망과 긴장으로 열심히들 일했죠. 주방장들은 길어야 반 년이나 삼 개월이면 자리를 옮겨다녔고 많은 복무원(웨이트리스)들이 발을 들여 놨지만 역시 오래 머물지는 않았습니다. 나는 처음부터 식당의 모든 일을 배우듯 내 일처럼 했습니다. 시간당으로 치는 기본 월급이지만 그런대로 팁이 괜찮아서 한 달, 한 달 돈 모아지는 재미와 중국에서 기다리고 있는 애인 생각에 웬만큼 힘든 일들은 덮고 살았습니다. 더구나 영주권이 곧 나올 테니까. 손님들 중에 자기네 가게에서 일해 달라고, 월급도 후하게 주겠다고 한번 찾아오라

했지만 직장을 옮겨다닌다는 게 싫었습니다. 그땐 무엇보다 첫 직장이었고 돈벌이 이상의 의리라는 걸 생각했죠.

몇 달 후 수가 들어오고부터 내 맘에 무지갯빛 꿈이 깨지고, 틈새로 끔찍한 사건들이 나의 꿈을 갉아먹기 시작했습니다. 아들 딸에 남편까지 있는 수가 뭐가 부족해서 나를 그렇게 사사건건 괴롭혔는지. 수가 들어오고부터 당신 부인의 본 모습도 드러나기 시작했습니다. 수가 뭔가를 꿰뚫은 거겠지요. 복무원 중에 시간을 가장 많이 배당 받는 나를 질투의 눈으로 본 게 아니었을까요. 팁이 많은 시간에서 나를 빼고 싶었던지. 당신 부인은 연변에서 온 초라한 나보다 이제 갓 서울에서 온 세련미가 있는 수가 맘에 맞았거나. 아니면 경험을 쌓기 위해서라는 있는 척하는 짓에 반했겠지요. 아무튼 두 사람은 색깔이 같은지 짝짜꿍을 하게 되었고 나는 매사 그들에게 걸리는 존재가 되었습니다. 일 년간 무사하던 일자리에서 마지막 한 달간은 치욕이었습니다. 소용돌이 칠 때마다 퇴근 후 주방장 아저씨가 전화를 걸어 왔죠. 많은 식당을 돌아다녀 봐도 종업원들에게 그런 대접하는 주인은 처음 본다고. 생각해 보면 당신도 철저하게 한 몫을 했습니다. 내게 사랑한다고 하던 날, 당신 부인 흉을 얼마나 늘어놓았습니까. 내게 한 말이 두려웠겠군요. 그래서 궁지에 몰리도록 방관했겠군요. 내 스스로 나가게 되기를 바랐던 건가요. 당신 한 말이 무서워서…….

그때 모든 인연을 끊고 돌아서 나왔어야 했는데, 냉정하지 못한 내 처신으로 더욱 견고한 올가미에 갇혀지고 말았지요.

과연 우연이었을까요. 수의 보관함 캐비닛의 열쇠구멍이 망가졌고, 내 캐비닛을 같이 쓰자는 말에 나는 아무 생각 없이 응, 내 것 같이 써, 하고 대답했던 게 내 인생을 변화시킬 큰 잘못이 될 줄은 몰랐습니다. 그때까지도 나는 사람을 경계할 줄도, 더구나 비밀을 가질 줄 몰랐으니까요. 별로 나쁜 생각은 해보지 않았으니 말과 생각을 숨기고 속마음을 따로 둔다는 걸 몰랐지요.

수가 이민 오면서 몇 십만 불 들고 왔다고 자랑할 때, 난 언제나 그런 돈을 만져 보나, 역시 남편이 있는 여자는 다르구나, 하고 부러워했습니다. 그럴 때면 중국에 두고 온 애인 생각이 났어요. 빨리 영주권을 따서 그이를 초청해야지, 하고요. 둘이 결혼해서 오순도순 열심히 노력하면 더 늦기 전에 아이도 하나쯤 낳고 서울서 온 교포들처럼 차도 사고 집도 사고 재미있게 잘 살 수 있을 거라 꿈을 꾸었습니다. 그렇게 가슴 벅차고 소박한 내 꿈에 더러운 오물을 뒤집어 씌운 건 누구였습니까. 한 사람만은 아닙니다.

내 캐비닛을 같이 쓰기 시작하고 며칠이 지났을 때였습니다. 점심 영업이 끝나고 수가 갑자기 지갑 속의 수표가 없어졌다고 소란을 피웠습니다.

나는 얼결에 이렇게 말했지요. 잘 찾아보쇼. 서울서 가지고 온 돈이 많다면서 수표를 잃어버리면 큰일이네. 우째서 잃어버렸쏨까 라고.

그런데 수가 차를 몰고 나갔다 오더니 은행계좌에 돈이 몽땅 없어졌다는 거예요. 아, 그랬어요. 캐비닛을 같이 쓰기 전에도 그런 일이 있었습니다. 저녁에 받은 팁을 핸드백에 넣은 채로 다음날 출근을 했는데 없어졌다고 분명 가게에서 없어진 거라며 난리를 피웠지요. 그때 주방장 아저씨가 어젯밤 집에 가다가 어디서 술 한 잔하고 잃어버린 거 아니냐며 농담을 했지만, 수는 저를 겨냥하고 하는 말이었습니다. 언젠가부터 당신 부인과 수가 나를 외목내기(왕따 만들기) 시작했습니다.

우리 가게에서 나간 주방장 아저씨들이 자기들 새 직장으로 오라고들 했지만, 그렇게 사는 게 아닌 줄 알았지요. 따뜻이 대해주는 단골손님들도 생각했습니다.

나는 정말 미숙아였습니다.

가게에서 소동이 나던 날, 그때 가게 식구들 앞에서 수가 한 말 생각나요.

누가 가져갔겠어. 캐비닛 속에 넣어 두었는데. 캐비닛 열쇠

가진 사람이지. 참는 데 한계를 느꼈습니다. 아홉 계단을 잘 넘고 마지막 한 계단에서 내가 폭발한 거죠. 내가 참다못해 억울해 울다가 범인 찾아 달라고 경찰을 불렀습니다. 그때 경찰이 와서 수에게 이렇게 말하더군요.

당신이 눈으로 봤습니까.

아니요.

그럼 그런 말할 자격 없소.

그 말뿐인 결론에 내가 억울하다고 하니까 경찰관이 접근금지법이 있다고 알려 주었습니다. 생각나요. 이때까지도 당신은 바른말 한마디 안하더군요. 아니, 본래 사람 눈치 보느라 바른 말을 못하는 사람. 선을 위한 악역은 절대 못하는, 당신은 그런 비열한 사람이었습니다. 부엌의 주방장도 식당 홀 안을 훤히 뚫어보고 상대하지 마라, 저건 유언비어 유포에 명예훼손죄다, 하면서 위로해 주었습니다.

경찰이 가고, 잠시라도 식당을 벗어나고 싶어 옆 커피숍의 패티오에서 커피를 한 잔 시켜놓고 앉아 있었지요. 그때 수가 오더니 극적인 한마디를 더 보태더군요.

너 정신병자 아니야. 내가 언제 너한테 가져갔다고 그런 말 한 적 있어. 너 정신병 치료해야겠다. 겁도 없구나, 영주권도 없는 게 감히 경찰을 부르고.

커피숍의 손님들 틈에서 그렇게 소리를 질렀습니다. 나는 졸지에 또 한 번 망신을 감수했지요. 그 아득한 상황 중에도 이렇게 대꾸를 했습니다.

그래요. 나 정신병자 맞씀다. 잘 보아씀다.

그런 대꾸를 할 수 있었던 용기는 정신병자 눈에는 다 그렇게 보이는 거라는 뜻에서 되돌려준 말인데 퍽 좋아하는 눈치였습니다. 집안에서 노인이 장 속에 감춰둔 비상금이 없어졌다고 하니까 치매로 몰아 더 억울해졌다는 하소연을 들은 적이 있어요. 다행이잖아요. 내 아직 젊은데 치매로 몰지 않은 것만도. 변명하고 이해시킬 수준이 아니라는 걸 너무 늦게 알았습니다. 처음 식당에 취직해 왔을 때는 사장 부인이 비천해 보인다고 흉을 보더니, 그런 말까지 내가 한 것으로 뒤집어 말하더군요. 나중에 당신 부인과 수가 협공까지 해서 나를 몰았으니까요.

이제는, 혼자서 살아가는 법을 익혔습니다. 때론 사악하게 살고 싶단 생각도 들어요. 나를 괴롭힌 수 아파트 주변에 그 여인이 어떤 사람인지 알려주는 전단을 각 방마다 뿌릴까도 생각했었으니까요. 얼마나 유치하고 사악한 발상인지 나도 놀랐습니다. 곧 후회했죠.

인생이라는 길은 끝까지 외로움뿐인가요. 생명 있는 모든 것이 나처럼 다 고달플까요. 말 못하는 짐승들도 그럴까요.

궁금하겠죠. 내가 어디서 무슨 일을 하는지. 당뇨병으로 시력을 잃은 오십대의 혼자 사는 아즈마이(아주머니)를 돌봐주고 있습니다. 아즈마이가 종합검사를 받느라고 어제부터 종합병원에 입원 중입니다. 내가 약을 먹고 중환자실에 입원해 있을 때 아즈마이는 당뇨성 망막출혈로 실려 왔습니다. 그때는 이미 시력을 완전히 잃었으므로 내 얼굴도 모릅니다. 처지가 딱한 한국 사람인 것밖에는. 그분이 그때 내 병원비를 전부 책임져준 겁니다. 그 인연으로 독신인 아즈마이를 돌보는 일을 하고 있습니다. 백인인 아즈마이 하고는 말도 시원스레 잘 통하지 않는 게 오히려 좋습니다. 아침마다 영어학교도 가라하고 잘 대우해 줍니다. 말이 통하지 않고 앞이 보이지 않아 그런지 참 좋은 분입니다. 얼마 전, 아즈마이가 변호사의 유언장에 나를 상속자로 해두었다고 했습니다. 아즈마이 변호사는 내가 끝마치지 못한 영주권을 재수속해 주겠다고 합니다.

가슴 아픈 건 '어데 갔쓰까' 하고 찾고 있을 중국의 애인입니다. 그는 내가 변심한 줄 알 거예요. 그 사람을 위해선 포기해버린 영주권이 조금은 후회되기도 했지만, 영주권을 따겠다고 변호사와 브로커에게 많은 돈을 주고 긴 시간을 기다렸는데, 하필 그때 그런 폭풍이 불었어요.

마침 한 달 후쯤이면 영주권 인터뷰도 있고 해서 최대한 몸만이라도 추슬러 보려고 안간힘을 썼지요. 다 잃어버리고, 미국서 살아야 한다는 게 지상 최고의 목표인 것처럼. 그때의 하루, 이틀 그리고 삼 일 동안의 긴 시간을 물 한 모금 넘길 수 없이 가슴이 아팠습니다. 절망스런 날은 결코 짧게 가지 않더군요. 지금 다시 생각하자니 너무 힘들어서, 아무래도 사람 얼굴이나 이름을 떠올리는 것보다 소나 돼지, 말이나 닭, 개, 염소, 고양이나 쥐, 칠면조, 원숭이 그런 이름이 나을 것 같습니다. 사람 하나하나의 얼굴을 떠올리는 것보다는 동물 하나하나의 형상을 떠올리는 게 훨씬 덜 고통스럽습니다. 특히 당신과 원숭이를 비교하자면 원숭이 항문이 훨씬 더 깨끗하겠죠. 지혜롭고 총명하고 의리 있는 원숭이를 당신 같은 사람들과 비교하자니 그것도 아깝습니다. 부서져 남김없이 조각나고 있는 지금 이 시간도.

이젠 이런 기억 아무런 빛깔도 갖지 않습니다. 세상 모든 것에 대해서도……

인생의 언저리에서 쭈뼛쭈뼛, 이 눈치, 저 눈치 다 보며 조심하던 제가 이제는 아무것에도 신경 쓰지 않고 내 자신에게만 충실하게 살고 있습니다. 어차피 내가 어찌 살든 보는 사람의 각도에 따라서 이야기가 만들어 지는 거니까. 누가 나를 대신

해서 아파해 주지 않듯, 내가 짊어져야 할 내 몫일 뿐입니다.

생명을 가지고 있는 오감 중에 촉감이, 그 느낌이 어떤 건지, 얼마나 따스한 축복인지. 거기다 인간이 가지고 있는 오장육부에 하나를 보탠 심술보라는 게 있다는 걸 몰랐던 지난 날, 내 속을 누구에게나 다 내보이던 그것이 철없음인 줄 몰랐습니다. 갑자기 엄마가 보고 싶어요. 내가 어떤 누명을 뒤집어써도, 너는 아니다, 내가 안다, 이렇게 말해줄 엄마가.

내 아기 때 거인 같던 엄마의 두 손이, 내가 점점 커 가면서 엄마의 두 손이 늙고 오그라든 것처럼 작아 보였지요. 내가 성인이 되자 엄마의 두 손을 잡으면 마음이 아리고, 이제 엄마의 그 작은 손이 애처로워 잡아주려는데 일찍도 돌아가셨습니다. 그 거인 같던 손이 그리워 이제 다시 애가 되고 싶어요. 다시 두 뼘밖에 되지 않던 아기로 돌아가고 싶습니다. 세상에서 누가 날 그렇게 순수한 사랑으로 감싸주겠습니까. 엄마는 나를 위한 단 하나의 의인이었습니다.

사람이 악의 없이 한 말이 문제가 아니라, 잘못된 쪽으로 해석해서 악으로 받아들이고 문제 삼는 사람들이 무서워 차마 말이 되지 않습니다. 그래도 하고픈 말이 있다면 내 알몸에 길고 두꺼운 상처는 왜 생겼습니까, 하고 묻고 싶습니다.

인생을 일찍 가르쳐 줘서 고맙습니다. 다행이지요. 더 늦지 않은 게. 누군가 내게 하소연을 하면 다 그런 거라고, 한번 씩 웃으라고 말할 겁니다. 마음과 마음이 부딪치는 사고는 한 순간인데, 치유하는 데는 긴 세월을 요구하네요.

아, 일어나야겠어요. 귀머거리에 장님, 벙어리, 원숭이 삼 형제가 기다리고 있어요. 나를 기다린다는 걸 느껴요. 동물들은 불러주는 이름 없이도 파장으로 다 느낍니다. 아무런 스킨십 없이도, 따스하게 염려하고 있는 촉감을 느끼고 있습니다.

아즈마이 집으로 갔던 첫날 내 방으로 정해진 책상 서랍 속에서 원숭이 삼 형제를 발견했어요. 두 눈을 가린 원숭이를 보는 순간 아즈마이 때문에 마음이 찡했어요. 아즈마이가 얼마나 외로웠으면 그런 걸 위안 삼았겠어요. 나 역시 한 눈에 세 마리 원숭이에게 마음을 모두 빼앗길 만큼 마음이 흉흉했었지요. 더구나 가운데 녀석의 벙어리 흉내를 보고는 이거구나 싶었습니다.

입을 열어 봐야 변명이나 거짓으로 오해를 보텔 것이며 분노가 섞인 말이 세상에 무슨 이득이 되겠어요. 항아리 속의 장이 익어가듯 세월이 가면 분노가 앙금처럼 무겁게 가라앉고, 부드러운 속마음이 맑은 장이 되고, 얇은 먼지 같은 막이 누구의 가책인 듯 가볍게 겉돌겠지요. 우연이지만 너무 일렀어요. 당신을 이렇게 만나기엔 시간이 더 가야 했어요.

아즈마이와 나는 깊은 말이 안 통하니까 자동 귀머거리가 될 밖에요. 아즈마이와 나, 그리고 원숭이 세 마리는 같이 살 조건을 충분히 갖추었어요.

사람이 싫어서 죽고 싶었고, 이제는 사람 때문에 살고 싶어요. 타인이 좋으면 천국이 되는 거네요.

목각 원숭이 삼형제는 내 손때가 묻어 윤기가 잘잘 흐릅니다. 그날 이후 집안일을 할 때도 앞치마 속에 넣고 일하다가 손을 쉴 때면 쳐다보고 만져보곤 해요. 사람 흉내를 가장 잘 내는 원숭이의 벙어리 흉내를 내가 닮고 있어요,

그때 한 손에 마켓 봉투를 들고 휴대폰으로 통화하는 중년 여성이 그들 옆을 지난다.

"그 자동차 강도당한 게 아니야. 더구나 가지고 있던 거 다 털리긴? 차를 집 앞에 잠깐 세워둔 사이에 없어져서 경찰에 신고했을 뿐이라구. 며칠 전 자동차 딜러에서 연락이 온 거 있지. 석 달째 월부금이 밀려서 차를 끌고 갔다나……."

여자의 소리가 멀어져 간다. 소문은 많은 사람을 둔갑시킨다. 모두 남의 얘기하느라 숨 가쁘고, 농담이든 진담이든 상대방 배려할 틈이 없다. 인간관계란 심각한 표정으로 농담을 하고, 어눌한 말투로 상대방을 농락하면서 잘난 체, 가볍게 살아

가는 건가. 한바탕 웃음을 잃은 사람들. 진정한 마음 없이 밖으로만 한눈을 팔아야 울증에 안 걸리고 자살 생각 안 하고 입맛을 잃지 않는가 보다고, 그녀는 신중한 듯 입술을 삐죽이며 고개를 끄덕인다. 못난 사람처럼 깨달은 자가 하나도 없다고, 그리고는 다시 옆의 남자를 의식하며, 기억을 떠올린다.

그랬습니다. 내가 당신들 식당일을 기어이 그만두어야 했던 날이 먼저입니다. 당신 식당에서의 마지막 날, 억울해서 대꾸를 하고 울다가 내가 맥없이 넘어지는 걸 보고, 옆에 누군가 괘씸한 눈길로 쇼 아니냐고 그랬던 게 생각납니다. 나는 더 이상 내 몸을 가눌 수가 없게 되었지요. 숨이 막혀오고 팔다리에 쥐가 나고 심장이 서서히 조여드는 게 무섭기만 했습니다. 그때 사장인 당신이 나를 안아서 차에 실었습니다. 그리고 타운의 아는 병원에 갔습니다. 의사가 큰 병원으로 가야 할 것 같다고 말했을 때, 내가 온 힘을 다해 고개를 젓자 의사는 숨을 너무 많이 쉬지 말라고 타이르듯 했죠. 산소 호흡이 시작되고 팔뚝에 링거를 꼽고 안정제를 주사하고, 뭔가 주변이 분주하다는 느낌을 받으면서 서서히 잠이 들었습니다. 잠결에 나는 바늘을 두 번이나 다시 꼽는다는 걸 느꼈습니다. 바늘을 찌를 때 아픈 감각을 느낄 만큼 의식이 뚜렷하지는 않았지만, 옆에서 지키던 호사(간호사) 아즈마이에게 신(넓적)다리를 몇 대 맞으면서 들었던 말들이 기억납니다.

"뭐가 아니라는 거예요. 꿈꾸지 말고 아무 생각하지 말고 그냥 잠만 자요. 편하게 쉰다 생각하고."

나중에 퇴원하면서 그 호사 아즈마이한테 들은 건데, 내가 잠결에 나 아임다! 아임다! 여러 번 소리를 지르더라며 뭐가 그렇게 억울한 게 많으냐고, 아직 젊은 탓이라고, 자존심 죽이라고, 위로해 주었습니다. 내가 울먹이면서 세상이 장바닥 같쑴다 하니까 그 호사 아즈마이 말이 장터에서 부처도 예수도 나오는 거라고 그런 세상이 당연하다 생각하고 살라고, 몸이 그릇이니 깨지지 않아야 물 한 방울도 담을 수 있다고, 건강이 최고라고 다독거려 주었습니다. 초저녁에 들어간 병원에서 거의 세 시간 만에 몸을 회복했습니다. 병원 침대에서 일어나면서 그때서야 두르고 있던 복무원용 앞치마를 벗었습니다. 호사 아즈마이가 허리 뒤의 끈을 풀어 주었습니다. 오랜만에 인간적인 대화로 위로를 받았습니다. 그 시간 이후 복무원 앞치마를 다시는 걸치지 않았습니다. 식당으로 돌아가지 않았으니까요. 대기실에서 기다리던 당신의 차를 이번에는 내 발로 걸어가 탔구요.

그날 병원에 업어다 준 대가를 충분히 치른, 아! 내 생에 최악의 날, 짐승 같은 대접을 받던, 너무나 끔찍스럽습니다. 병원을 나올 때 호사 아즈마이가 당신에게 준 안정제 세 알. 잠을 못 자고 또 다시 신경을 쓰다보면 다시 호흡곤란이 올 거라며 집에 도착하는 대로 한 알 먹이고 재워야 한다고 했던 그 안정제. 당신이 내 아파트에 나를 내려놓고 돌아갈 줄 알았는데 부축해야 한다며 따라 들어왔습니다. 이제 가시라고 고맙다는 인사를 여러 차례 했지만 당신은 끔찍이도 동생 챙기듯 했습니다. 동거하는 언니가 카페 일을 끝내고 오려면 아직 시간이 남아 있는데 환자를 혼자 두고 가는 게 불안해서인가 했습니다. 나를 침대에 눕히고 안정제를 주었습니다. 증상이 심해지면 심장마비가 올지도 모르니까 한꺼번에 두 알을 다 먹으라고 했어요. 다시 기억에 휘말리면 억울함에 견딜 수 없을 것 같아 약을 덥석 받아 먹었습니다. 그리고는 너무 빨리 쉽게 잠에 빠져들었습니다. 이후에는 통 모르겠습니다. 아무것도 생각이 안 납니다. 당신은 알겠습니다. 세상에서 가장 비열한 남자를 꼽으라면 주저 없이 당신을 꼽을 내 심정을. 증인이 된다면 무슨 일이든 범인으로 당신을 지목할 거라는 걸.

약에 취한 나를 강간하고, 찢겨진 순결이 억울함에서 벗어나기도 전에 그 사건으로 임신까지 했음을 알고는 약을 먹었습니다. 죽겠다고 마음먹기 전에 유전자 검사와 거짓말 탐지기로 당신에게 형을 받게 할 수도 있었지만, 법적인 형벌보다 가혹한 건 당신들 양심이라 생각했습니다. 거짓이 양심을 이길까 하고.

바로 그날, 아직 약기운에 잠들어 있는 저에게 일을 마치고 돌아온 언니가 느닷없이 호통을 쳤습니다.

'너, 내가 그렇게 귀찮으면서 같이 사는 거였어. 귀찮다며! 너, 너희 식당에서 사장 꼬시다가 안 되니까 주방장을 꼬셨다더라. 너 그런 계집애였어!'

도대체 어찌된 영문입니까.

아! 정말 지독한 고문이었습니다. 전날 식당에서 일하다가 억울하게 누명을 씌우고 안 할 말을 만들고, 언니를 보면 나을 줄 알았는데 이게 어찌된 일인지. 사람이 점점 무서웠습니다. 지금 생각하면 그때 언니도 마음이 아팠을 겁니다. 느낍니다. 언니가 계속 무어라 하는데 난 그때서야 둔통과 함께 혼곤하게 젖은 아랫도리를 느꼈습니다. 언니가 한참 퍼붓고 물러간 뒤에 치마를 펼쳐보니 터진 거였습니다. 처녀가 터져버렸습니다. 사랑이 그런 겁니까. 내 처지가 비참하고 한심스러웠습니다. 애인에게 너무나 미안했습니다. 복잡하게 얽혀가는 내 삶에 죽고 싶단 생각만 들었습니다.

당신네 식당을 그만두고 한 달쯤 후, 기억이 분명치는 않지만 저녁 무렵이었습니다. 사람들과 산다는 게 정말 싫어서, 지겹도록 몸서리쳐져서 약을 먹었습니다. 하수도 뚫는 약을. 죽음이란 선택만이 나를 따뜻하게 덮어줄 것 같아서. 정확한 날짜를 알고 싶다면 내 병원 기록에서 찾을 수 있습니다. 하기야 목숨도 버렸던 내가 시시하게 그런 기록이나 찾고 다닐 이유가 뭐겠습니까. 내 나이가 몇 인지도 알고 싶지도 않으니까 날짜 따위는 잊은 지 오래지요. 죽는다 싶었던 내가 다시 태어나면서 생겨난 기다란 칼자국을 보겠습니까. 당신 같은 인간에게는 그것도 아깝습니다. 독한 약물을 마신 탓에 효과가 빨랐나봅니다. 목 한가운데에서부터 폐 쪽으로 길게 근 선, 또 이어서 아랫배까지, 그것도 세 번이나 재수술을 받아서인지 하얀 가슴살에 흉터가 굵게 도드라져 있습니다. 퇴원 후에도 식도로 넘긴 음식이 폐로 넘어가 재수술을 받았습니다. 조절 발부 때문에 또 언제 응급 상황이 생길지 몰라 늘 긴장이죠. 나를 또 한 번 벗겨 보시겠어요. 그러면 다 타버린 위를 도려내느라 일직선으로 내려 그어진 수술자국이 보일 겁니다. 독한 약물 때문에 아기는 죽은 벌레 모양으로 내 자궁에서 뽑아져 나왔습니다. 하얀 천사 같은 아이를 낳고 싶던 꿈은 손마디만 한 작은 푸르둥둥한 죽은 아기를 끄집어내는 것으로, 자궁의 역할까지도 끝이 났습니다. 아기에게 배신치고는 너무 잔인했지요. 인생의 한 고비를, 그 아픈 흔적은 까만 음모만이 숲 속 이야기인 양 태연히 감추어 주었습니다.

약물을 마실 때는 창자가 벙벙 구멍이 나서 금세 지옥에 다다를 줄 알았는데 웬걸요, 눈을 떠 보니 생지옥 같은 병실이었습니다. 입과 코, 심장, 식도, 요도, 여기 저기에 거미줄 같이 복잡한 줄들이 나를 붙들고 있었던 겁니다. 팬티도 없이 종잇장처럼 얇고 푸른 가운만을 걸친 채 언제든 누구든 쉽게 내 알몸을 들춰 볼 수 있도록 끈 하나 묶여 있지 않은 상태에서 눈을 떴습니다. 하나마나한 지나간 이야기입니다. 끝내 잘난 체를 버리지 못하는 죽은 뒤의 넋두리 같아서 그 일을 위해 입술을 벌리기도, 아니, 아예 생각조차 싫습니다.

환자의 진실은 죽은 뒤에야 정확한 걸 알 듯이 당신들의 야만이 어떤 건지, 진실을 위해, 죽으려했던 그때가 지금 생각하니 우스워졌어요.

똑같은 악연을 반복할 것 같아 이왕 살려면 고독하게, 그게 잘 안 되면, 독하게 살까 합니다. 독한 추위에는 비록 꽃은 피울 수 없지만 파리나 진드기는 끼지 않으니까요.

침묵의 시간이 한없이 길어지자 그가 다시 입을 열었다. 그녀의 생각은 또 잘리고, 남자의 말투는 심술스러운 듯했다.

"할 말이 있었을 텐데. 왜 입을 다물고 있어? 벙어리야! 원망이라도 해봐. 욕이라도 듣고 싶어. 욕을 할 줄 모르면 따귀라도 한 대 쳐. 차라리 그게 고맙겠다. 근데 넌 어차피 남의 남자 신세져서 영주권 받으려고 했던 거 아니야. 너 식당 관두고 얼마 있다가 이민국 일 때문에 변호사 찾아와서 이름 보니까 중국 놈 성이던데? 우리 식당에서 부르던 이름하고 다르더라구. 칭인가? 너는 진씨 잖아?"

그녀의 귀는 열리지 않는 듯 겉으론 아무런 동요가 없다. 속으로만 웃을 뿐이다. 진과 칭은 중국스타일 영어스펠 차이 뿐이라고. 그녀는 다시 기억 속으로 들어간다. 시계방향을 거꾸로 돌리는 일 만큼 어리석은 일이 없다는 걸 알면서도. 고장난 시계를 돌리듯 무덤덤하고 버려야 하는 시계처럼 어느 한 귀퉁이 애착은 없다.

소중한 사람들을 다 잃었습니다. 당신들에게 단련이 잘 되어서 나도 이제 잔인한 게 어떤 건지 잘 배웠지요. 그런데 다 잊어버리고 나니까 본래 내 마음도 안 보입니다. 평화롭던 내 맘 어데 갔쓸까. 자물통에 잠갔쓸까. 영영 날아가버렸쓸까.

이때 참다못한 그가 재촉하듯 또 말을 잇는다.

"걱정한 건 나였고 그동안 잘 살고 있었나 보군. 얼굴이 좋아 보이네. 몸도 불었어. 허리가 한 주먹이더니. 왜 말도 없이 갑자기 사라진 거였는지, 그거라도 말해 주면 안 돼? 내게라도 알려 줬어야지. 아참, 그때 같이 일하던 수 생각나지. 그 남편이 원래 서울에 본부인이 있었나 봐. 아이들도 본부인 자식이었대. 남편이 수 몰래 사채까지 몇 만 불 끌어가지고 서울서 온 본가 가족들 데리고 타주로 달아났다고 하던데. 널 그렇게 괴롭히더니 이런 처지에 있는 나를 찾아다니는 거야. 식당이 안 되면서 마지막 월급을 못 줬거든. 뭐 문 닫을 무렵엔 손님이 없었으니 일도 안 하고 쉬다시피 하고서는. 그나저나 그새 결혼한 거야. 영주권이 필요하면 얘기 해. 그런 능력은 되니까. 불법체류자로……."

그녀는 갑자기 울렁증을 느낀다. 허기 때문일까. 그리움 때문일까. 이 남자는 너무나 먼 거리에 있다. 진실은 보이지 않는 진동으로도 느껴지는 거라면 이런 말종과는 같이 앉아 있을 가치조차 없는 거라고. 조소와 구토의 합당함을 느낀다. 강제로 억제된 침묵 중에 파동을 느끼듯 중국에 있는 애인이 보고 싶어졌다. 양귀비의 얇은 꽃잎처럼 따뜻한 색을 지녔던 여린 남자. 가슴이 아려왔다. 그녀 눈시울이 붉게 젖는다. 이렇게 보고플 줄 몰랐다. 보고 싶다는 말 대신 눈물방울이 된다.

윗입술을 차분히 꽉 문다.

시간이 꽤 지났다. 저녁 퇴근 시간이 다가오는지 층계를 오가는 사람들의 발길이 늘어나고 있다. 그녀가 층계에서 일어나자 놀란 듯 동시에 벌떡 일어선 남자가 바나나를 들고 있던 그녀의 팔목을 힘껏 잡는다. 그녀의 강한 눈빛과 남자의 지친 눈이 처음 부딪쳤다. 그녀의 눈빛이 서늘하다고 느끼는 순간, 그녀의 다른 손에 들려져 있던 장미꽃 다발이 세차게 날아와 남자의 얼굴을 힘껏 후려친다. 장미의 녹색줄기에 돋아난 가시들이 남자의 얼굴 여러 곳을 깊이 찍었고 분홍 꽃잎들은 검은 대리석 층계 아래로 흩어져 날렸다. 작은 비명과 함께 어깨서부터 흐르던 남자의 센 손힘이 쭉 빠져나갔다. 그녀는 꽃잎이 흩날리는 남자의 발 아래로 손아귀에 남은 장미다발을 내던지고는 발걸음을 뗀다. 층계를 오가던 사람들이 걸음을 멈추고 그를 쳐다봤다. 울안의 원숭이 보듯.

그는 시선에 아랑곳없이 얼굴의 가시를 뽑고 피를 닦으며 지극히 조심스럽게 마대를 들고 꽃잎들을 한곳으로 몰기 시작했다.

그녀는 훤히 뚫린 바깥벽의 하늘빛을 향해 날 듯이 층계를 오르고 있었다. ✶

— 『한국소설』 2008년 1월호

짝퉁

귀신의 피도 있다. 여자가 여자를, 남자가 남자를 사랑하는 인습을 초월하는 사랑의
공식을 없다할 수 없다. 이 소설의 특장이 그것이다.

짝퉁

온통 피다.

밤새 짓이겨진 마른꽃잎 같은 피. 겨우 눈을 비벼 뜨자 아랫배가 뻐근하게 조이면서 콕콕 쑤신다. 참을 만하다. 항상 잘 참았다. 그 힘든 장교 훈련까지도. 너무 피곤해서 통증조차 느끼지 못하고 깊은 잠을 잤는가보다. 위에 셔츠만 하나 걸치고 팬티를 입지 않고 잔 탓에 시트가 엉망이 되었다. 신은 동물들이 먹기만 하는 생활로는 심심할까봐 이런 생리를 만든 거다. 좀 더 재미있게 살라고, 아니, 그냥 지구 곳곳을 놀이터라 생각하고 재미있게 놀라고, 놀면서 하루하루 죽어가는 악몽을 잊게 하려는 속임수 아닐까. 하늘에서 보기에 어느 순간 귀엽게 놀던, 기어다니고 걷던 벌레들이 다 멸종된다면 신은 그 우울증을 어떻게 감당할까. 멸종을 두려워한 신의 번식 목적 때문에 동물들은 이용당하고 있는 거다. 거기다 사람들은 감히 신을 라이벌로 배아줄기세포를 연구하고 생물학이라는 과학에 번잡한 이유를 붙여 신종을 개발하려 한다. 그건 그냥 자연에 속해야 한다. 번식을 위한 섹스가 자연의 선물인 한은. 그 정점에 도달하는 희열은 삶의 최고 가치인 원액을 뿜는다. 생명을 만드는 그것이 왜 원액이라 불려야 하느냐고 묻겠지. 향기, 그 원액만이 향내 나는 사람을 만든다는 거니까.

나는 일찍이 좋은 원액을 받아 잉태를 하겠다는 환상을 포기해버렸다. 내 탓이 아니다. 그냥 그렇게 태어난 생명체의 운명이다. 그러니, 나를 탓하지 말아야 한다. 독특하게 타고난 나, 어쩔 수 없다. 누구든 인간에게는 죄가 없다. 그렇게 태어난 거다.

아무튼, 내 거짓의 시작은 여기서부터였다. 남자의 생리 혈. 친구 말이 나는 아마도 남자 귀신 붙은 여자일거란다.

찌뿌듯한 몸을 일으켜 침대에서 간신히 일어난다. 카펫 바닥에 흐트러져 있던 커다란 군용 더플백을 몽땅 뒤져 작은 국방색 주머니 하나를 찾아낸다. 지퍼를 열고 담배보다 훨씬 굵고 긴 탐폰을 꺼낸다. 벌어진 다리 사이에서 카펫 위로 피가 뚝 떨어졌다. 한 줄기 피가 사타구니를 타고 흐른다. 나는 포장을 벗긴 탐폰을 서둘러 밑에서부터 깊게 찔러 넣는다. 어젯밤 그 애가 너무 심한 자극을 한 탓인지 날짜보다 좀 이른 출혈이다.

내가 남자가 될 것을 예감한 건 열 살쯤 되어서다. 엄마의 유일한 취미인 사우나를 따라간 건 그 무렵이었다. 옷을 벗고 사우나에 들어선 순간의 기억은 이랬다. 커다란 벽화의 압도하는 힘처럼, 벌거벗은 많은 여자들 중에 한 여자의 꿈틀거림이 그랬다. 물기에 젖은 목, 가슴, 배와 다리까지. 매끄럽게 이어지는 젖의 푸짐한 곡선을 보면서 나는 서서히 흥분하고 있었다. 아니 나답게 솔직한 표현으로 말하자면 캔디보다 더 달콤할 것 같아 핥고 싶었다. 볼록한 젖가슴과 그 깊은 곳의 주변 모두를.

그리고 며칠 후, 몸에 열이 끓어 학교를 빠져야 했다. 그날 나는 내 방에서 하루 종일 뒹굴다가 갑자기 장사 나가고 없는 엄마가 그리워졌다. 안방 문을 열었다. 커다란 침대에 벌렁 눕자 바로 눈앞에 텔레비전이 보였고, 책처럼 많은 비디오테이프들이 주변 가득 널려 있었다. 테이프는 내가 가지고 있는 책만큼이나 많았다.

호기심에 침대를 내려와 비디오테이프들의 제목을 읽었다. 한국말로 표기된 것들은 놔두고 영어 표기된 비디오를 집어

들었다. 내가 아는 단어는 하나도 없었다. 내가 생각하기로 아빠의 취미는 '영화 보기' 같았다. 시간만 있으면 안방에서 비디오를 보았으니까. 아빠는 미국 영화를 즐기시는구나 생각하면서 테이프 하나를 집어 비디오플레이어에 쑥 집어넣고 버튼을 눌렀다. 순간 남자, 여자들의 뒤엉킨 요란한 장면. 충격이었다. 아마, 이때부터 내 성장 호르몬이 괴상하게 믹스 되어버린 것이 아닐까 싶다. 홀딱 벗은 남자 여자가 서로 엉기어서 동물처럼 범벅이 되어 있었다. 나체들의 다양한 몸짓을 보고 있으니 이번엔 동물들 같은 숨소리까지 들려 너무 혼란스러웠다. 그 장면으로부터 도망가기 위해서, 눈과 귀를 막으려 침대로 올라가 이불을 뒤집어썼다. 이불을 둘둘 말고 별짓을 다 해도, 하면 할수록 이불 너머의 상상은 더 강렬하게 나를 유혹했다.

얼마 후, 나는 다시 이불 밖으로 나왔다. 영화는 이미 끝나 있었다. 호기심이 더 강렬하게 충동질했다. 안방의 이곳저곳을 뒤졌다. 화장대 서랍에서 담배와 라이터를 발견했다. 담배 피우던 엄마 모습을 떠올려 보았다. 먼저 손가락 모양을 어렵지 않게 흉내 낸 다음, 나는 투명하고 빨간 라이터로 담배 끄트머리에 불을 붙여 한 모금 빨았다. 첫 경험은 기침이 심했지만 왠지 낯설진 않았다. 나도 엄마처럼 어른이 되면 차례가 올 줄 알았지만 너무 빨리 왔다. 나는 그때부터 엄마의 담배를 하나씩 빼내기 시작했다. 또 다음은 누런 병의 술을 조금씩 마셨다. 씁쓰름하고 찌릿한 맛이었지만 야금야금 술이 받았다. 그리곤 얼마 후 술에 취해버린 나는 안방 침대에 벌렁 드러누웠다. 나 혼자인 빈집에서, 그것도 안방에서 한기가 들어 이것저것 끼어 입었던 옷들을 하나, 둘 다 벗어 던졌다. 그러자 나의 호기심은 더 강렬해졌다. 몸을 가누고는 집히는 대로 비디오 테이프를 집어넣고 플레이 버튼을 또 눌렀다. 알몸인 나는 화면의 여자와 남자를 교대로 흉내 냈다. 내 몸을 스스로 만져가면서 여자의 몸이 얼마나 만질만하게 부드럽고 탐스러운지를, 그 촉감을 만끽했다. 그날, 나의 어린 시절은 끝이 났다.

어른들이 망설이는 아이디어를 나는 뭐든 즉각 행동에 옮길 만큼 무섭게 빨리 커갔다. 정말 그 시기에는 키도 부적 부쩍 자랐다. 학교에서 친구들이 모이면 하는 얘기는 누가 누구랑 좋아한데, 헤어졌데, 하는 식의 이야기를 할 때도 나는 남자애들 이야기엔 관심이 없었다.

조금 더 커서 고등학교 졸업반이었을 때였다. 평범하던 어느 날, 슬롯머신에서 777이 터졌을 때보다 더 극심한 엔도르핀이 내 질서를 깨버렸다.

하얀 셔츠에 물감을 뿌린 듯 반짝이가 붙은 옷을 입은, 깔끔하고 여읜 듯해 보이는 여자애에게 나는 첫눈에 반해버렸다. 그 애 눈빛 속에도 거부할 수 없는 내가 거기에 있었다. 그 순간 이후, 우린 서로 잊을 수 없는 존재로 변해갔다.

한없이 달콤하고, 귀엽고, 부드러운 아이였다…….

나는 지금도 심장이 심하게 두근거리던 그날을 잊지 못한다. 도덕적으로 이건 아니라고 몇 번씩이나 마음을 고쳐먹으려 했지만 소용이 없었다. 주변 친구들, 어른들에게 줄 혐오감을 짐작했지만 사랑은 마음대로 되는 일이 아니었다. 우리는 학교 시험을 핑계로 서로의 집을 오가며 밤새 껴안고 놀았다.

그 애 부모도 우리 부모도 우리들을 절친한 사이로만 알고 있을 때 그 애가 떠났다. 그 애는 교통사고로 죽었다. 우리들 사이의 영혼과 육체의 비밀은 무덤에 고스란히, 영원히 묻혀버렸다. 우리의 동성애 관계는 일 년도 채 되지 않아 끝이 났다. 나중에 알게 된 사실은 그 애가 자살했다는 거다. 세상 이목이 두려워 어른들이 교통사고로 둔갑을 시켰다.

한동안, 많이 아팠다. 학교에 가면 여기저기에 그 애가 있을 것만 같았다. 미칠 것 같았다. 그 애를 잊느라 지독한 통증을 격어야 했다. 먹지도 않고 빈둥빈둥 침대 위에서 지냈다. 말할 것도 없이 학교도 가지 않았고 끝내는 그 애를 따라 죽고 싶어 이것저것 집안에 있는 약들을 주어모아 한꺼번에 다 먹었다.

나를 오늘처럼 살게 한 건 아빠가 데리고 간 정신과 의사의 덕분이었다. 우울증 치료였다. 언젠가 먹던 약이 떨어졌을 때 아빠가 호주머니에서 아빠의 이름으로 처방된 약병을 꺼냈고, 거기에서 반 알을 잘라준 일. 아빠의 실수 때문에 나는 또 한 번 놀랐고 또 한 마디가 자랐다. 내가 자라는 모양은 항상 이런 식이었다. 결이 고운 여자애 마음이 아닌, 대나무의 마디처럼 툭툭 도드라진 거친 흔적을 남겼다. 아빠는 왜 나의 두 배가 되는 그 약을 먹어야 했을까. 무엇 때문에 나처럼 죽고 싶은 걸까. 항상 순하고 약해 보이는 아빠가 가끔씩 엄마와 심하게 다투고 결국은 손찌검까지 했다. 왜 때리는 입장인 아빠가 약을 먹어야 했을까. 아빠의 이중성은 뭘까. 그 부유하는 영혼의 상처는 뭘까.

어쩌면 엄마, 아빠, 나, 이렇게 셋은 남 보기에만 그럴듯한 삼각형의 안전한 구도일지 모른다. 공유하는 면적과 우리를 둘러싼 줄이 있기는 하지만, 각자의 꼭짓점에서 각기 다른 이유로 출구를 찾아 구멍을 뚫고 있는 쥐들인지도…….

죽은 그 애에 비하면 어제 저녁 헐리웃의 호모 클럽에서 만난 그 여자는 너무 늙었다. 질긴 소고기처럼 고집과 개성이 강했다. 가슴은 남자역인 나보다도 빈약했고, 본격적인 목적의 해결 순서에서는 리드격인 나보다 더 보챘다. 내 근육을 보여 줬어야 했는데, 하지만 또 만날 것도 아니니까.

탐폰을 넣곤 샤워를 하러 목욕탕으로 갔다. 샤워기에서 나오는 찬물이 내가 군인이란 걸 일깨워 주었다. 부대 안의 생활인 듯 전신의 세포가 다시 긴장 상태로 접어든다. 덜 잔 잠이 확 깨어 개운해졌다. 스펀지에 바디 샴푸를 넉넉히 푼다. 그 여자의 침 냄새와 향수냄새가 싫었다. 겨드랑이에서 가슴 쪽으로 비누질을 하던 나는 왼쪽 가슴에서 손톱자국을 본다. 기분 나쁜걸, 미진했던 걸 볼록 솟은 유두를 만지면서 마스터베이션을 생각했지만 그러고 싶진 않다. 잘 맞는 여자를 만나면 그때로 미루자고.

샤워를 마치고 타월만 걸친 채 방에 들어선 나는 피 묻은 침대 시트를 걷어냈다. 그리곤 방구석에 굴러다니던 비닐봉지 안에 둘둘 말아서 쓰레기통에 집어넣었다. 면 600수 정도로 꽤 오래 쓸 만한 시트인 걸 아까워하면서도 어쩔 수 없었다. 빠느냐 마느냐 복잡할 땐 버리는 게 최상이다. 나는 질질 끌지 않는다. 시간도 없다.

부엌을 빼놓곤 집안이 조용하다. 모두 나갔나 보다. 조금 있으면 식탁 위에 먹을 것을 놓아두고 이모도 출근을 해 버릴 것이다. 나는 서둘러야 했다.

"이모!"

이모는 내 아침과 점심을 한꺼번에 준비하느라 소리가 잘 들리지 않는 모양이다. 나는 하는 수 없이 이모의 등 뒤 가까이에서 다시 '이모'하고 불렀다. 놀라 돌아선 이모의 안색은 무척 피곤해 보였다. 하긴 내가 매일 밤, 새벽 3시는 되어야 들어왔으니 잠을 설쳤을 것이다.

"이모! 나 지금 공항으로 가야 돼요. 늦었어요. 지금 데려다 줘…… 요."

내 딴엔 애교 있게 한 말이었지만 어쩐지 퉁명스럽고 허스키하다는 생각이 들었다. 어른들에게 말할 때는 끝에 '요'를 붙여야 하는 거라고 너무 늦게 배운 탓에 잘 연결이 되지 않는다. 엄마가 어느 날 다 큰 나를 앉혀 놓고 '요, 요, 요, 요, 요!' 이렇게 요만을 연습시켰기 때문인지 뒤 늦게 요가 따로 떨어져 나오거나 때론, 하던 버릇 탓에 그냥 반말을 쓰기 일쑤다. 내 딴엔 긴장하고 조심을 하는데도 요 꼴이다.

"히아(Hea)! 이제 말하면 어떻게 해. 몇 시 비행기인데? 오늘 간다고도 안했잖니."

이모는 당황했지만 이 방법이 좋을 것 같아서다. 그리고 이게 내 식이다.

"10시…… 요!"

이모는 부엌 벽장에 붙은 렌지의 전자시계를 보았다.

"아니 벌써 8시잖아. 지금 트래픽이 심해서 못해도 한 시간 반은 걸릴 텐데. 어쩌면 좋으니, 어쨌든 빨리 나가자. 얼른 차에 짐 실어. 아이고, 참, 애도. 아! 너 뭐라도 마시자. 주스, 우유, 홍차……."

"맹물이요."

나는 '히히' 하고 속으로 웃었다. 이렇게 해서 택시를 부를 시간마저 없다는 걸 안 이상은 이모가 직접 공항에 데려다 주어야 하는 것이다. 엘에이를 그렇게 쓸쓸하게 나가기는 싫었다. 무엇보다 택시비도 아까웠다. 보름간의 엘에이 체류였지만 이모 집에 묵느라 비용은 별로 쓰지 않아서 돈은 그대로 남아 있다. 그래도 왠지 돈은 아끼는 게 좋을 것 같다.

나는 서둘러 가방을 꾸린다. 옷은 평상복차림으로 입었지만 누가 봐도 한눈에 여군이란 걸 알아차릴 것이다. 그건 어깨에 메어야 하는 국방색 더플백 때문이다. 이 걸 어깨에 멘다는 건 훈련 받지 않은 보통 여자들은 엄두도 내지 못하는 무게니까.

대학 졸업과 동시에 군에 입대를 했다. 대학 다니면서 엄마에게 학비부담을 주지 않으려고 R. O. T. C.에 들어갔던 게 이유이기도 하다. 몸무게가 많이 나가지 않는 나에게 훈련은 생각보다 만만치 않았다. 모래주머니를 이고, 달리고…, 하지만 무난하게 통과했다. 마땅히 끌리는 일도 없었고, 이왕 남자처럼 살고 싶단 생각에서 공군을 택했다.

앨라배마에서 기초훈련을 받았다. 도시 전체가 공군기지라는 생각이 들 만큼 대단히 넓은 기지였다. 기초훈련을 마친 나는 플로리다의 파나마시티에서 비행과 잠수훈련도 받았다. 산속에서 낙하훈련도 받았는데 거기에서는 내가 가장 늦게 발견되었다. 훈장을 받았다. 적군에게 발각되지 말아야 한다는 일념으로 해냈다. 죽느냐, 사느냐의 실전처럼 생과 사를 절실하게 실감했다.

나는 낙하 후 끝까지 남은 최후의 한 명이었다. 모두들 놀랐다. 산속에 숨어 자력으로 먹을 것을 구하고 나뭇가지로 숟가락을 만들어 썼다. 산속에서의 5일간을 마지막으로 훈련이 끝났다. 오클라호마에서의 베이스 훈련은 잊지 못할, 그리고 알고는 두 번 다시 할 수 없는 험한 훈련이었다.

내 부모는 내가 이라크 쪽으로 파병이 될까봐 많은 염려를 했다. 내가 이라크에 가면 엄마, 아빠는 명대로 못 살 거라고 눈물까지 보이면서 간곡히 부탁했고, 이런저런 이유 때문에 나는 한국을 지원했다. 한국어를 한다는 조건도 있었는지 다행히 휴전 중인 한국으로 발령이 났다.

모든 훈련을 마치고 한국으로 떠나기 전 알링턴의 국립묘지에 참배를 갔다. 석양의 햇살이 묘비들의 그림자를 이상한 느낌이 들 정도로 길게 이었다. 묘비 앞에는 드문드문 성조기나 꽃들이 꽂혀 있었고 아주 드물게 성묘객이 눈에 뜨였다.

묘비에 새겨진 이름과 전사한 날짜들을 하나 둘 훑어가며 지날 때였다. 이라크 전에서 사망한 군인의 애인이 묘비 앞 잔디에 엎드려 있었다. 그냥 평범하게 엎드려 있는 것이 아니라, 어깨가 훤히 드러난 짧은 여름 드레스를 입고는 두 손을 모으고, 다리를 꼰 채 길게 엎드려 있었다. 나는 왜 흥분했을까. 마치 땅 밑에 누워 있는 죽은 애인과 생시처럼 성교하는 자세로 보였던 것이다. 진지한 애도의 표시 앞에서, 내 눈과 감정은 이렇게 엉망이었다. 황혼녘에 홀로 남은 여자의 흰 살결이 너무 아름다웠다는 것을 나는 지금도 잊지 못한다. 만약 그때 함께 간 군복의 동료들만 없었다면 나는 그녀를 유혹했겠지. 이런 내가, 혐오 그 자체라는 걸 나도 안다.

의정부로 발령이 났다. 마침 엄마, 아빠가 엘에이에서 하던 사업을 접고 서울 친가에서 지냈으므로 외로움 따위는 모르고 지냈다. 이번 연말 휴가는 당연히 엘에이에 왔어야 했다. 군에 입대하기 직전 용돈이 아쉬워 위장결혼을 해준 남자 때문이다. 부대 안에서는 내가 결혼한 것으로 알고 있다. 때문에 휴가는 당연히 이곳 엘에이에 떨어져 있는 남편을 보러 와야 하는 것이다.

이민 변호사의 우편물 때문에 위장결혼이 발각되었다. 엄마는 아빠 탓, 아빠는 엄마 탓을 하면서 한판 부부싸움으로 번지기도 했지만, 결국은 내가 무마시켰다. 돈을 일부 돌려주고 이혼 서류를 하겠다고 거짓말을 했다. 터무니없는 거짓말을 진정 믿어 준건지, 괴로워서 덮어 준건지 나는 모를 일이다. 알바도 아니다.

위장결혼은 두 가지 이상의 해택을 내게 주었다. 남자에게 목돈을 받고 위장결혼으로 영주권을 받게 한 대신, 나는 더 큰해택을 오랜 동안 받게 될 것이다.

결혼한 장교는 부대 안에서 생활할 필요가 없다. 부대 밖의 생활이 허용되므로 주거 수당이 따로 지급된다. 내가 노린 건 거기까지가 아니다. 서류상이지만 이혼을 해줄 이유는 없는 것이다.

레즈비언인 나는 독신주의다. 독신은 세금을 너무 많이 뗀다. 나의 가짜 결혼은 이렇듯 물질적으로 많은 혜택을 주고 있다. 미시즈라는 호칭은 동성연애자라는 의심을 감히 하지 않기 때문에 시선 또한 편리하다.

밤 사이 여자의 젖무덤을 어루만지고 있던 나를 이모인들 감히 상상이나 할까. 더구나 나는 멋있게 빠진 팔등신 미인이어서 뭇 남자들의 시선이 궁굼하지 않다. 지금 당장도 국방색 더플백만 아니면 나의 외모는 미스 각선미로 봐줄 수준은 된다. 그러나 걱정이 전혀 없는 건 아니다.

사람들은 아무 가책 없이 상당한 두뇌 수준의 거짓말을 하지만, 공학 박사들이 만든 기계는 천재답게 거짓말을 안 하거나 못한다. 누군가 혹 정보부에서라도 나를 감시하고 조사 한다면 내 컴퓨터는 이 모든 사실을 모조리 밝히게 되리라. 난들 허술하지만은 않을 테지만 역부족일 거다. 주고 받는 내용이야 모두 삭제해서 언제나 휴지통조차 텅 비어 놓고 있지만, 군사정보부 수준이면 모든 건 끝장이 난다. 우편물, 전화내용, 신랑의 주소지, 양쪽의 전화기록 등, 만약 신랑감이 질린 나머지 투서라도 하면 치명적이다. 그쪽은 이미 영주권을 받았으니까. 거기다 친구들에게 이메일로 띄워 보내준 가짜 결혼식 사진과 사연. 더구나 영주권의 상대를 만난 건 인터넷 채팅에서 였으니……

이모는 허둥지둥 차에 오르자 급히 차를 몰기 시작했다. 급한 건 마음뿐 제대로 뚫리는 길이 없다. 이 아침, 학교 등교와 출근이 겹친 시간에 편안하게 달릴 수 있는 길이 없다는 걸, 이모는 왜 모르는 걸까. 조급하게 서두르는 어른들이 안타깝다.

"히아! 아, 프리웨이를 탈 걸 잘못 했나봐. 너 늦으면 어떻게 하니? 다음 비행기로 가도 되는 거야?"

"탈 수 있을 거야…… 요."

"얘, 히아! 왜 군대를 갔어? 좋으니?"

"가기 싫다요!"

나는 순간 두 다리를 가슴께까지 올려붙이고는 두 팔로 다리를 꼭 끌어안았다. 동시에 두 무릎 사이로 얼굴을 묻고 소리지르듯 뱉어버린 것이다. 나 자신도 내 말에 놀랐고 후회했지만 늦어버렸다. 가기 싫다니. 그래서 세상에서 제일 무서운 게 시간, 그리고 말 아닌가. 1초만 생각해 보고 대답했어도, 담배를 한대 물고만 있었더라도 이런 바보스런 솔직한 대답은 안했을 걸 싶었다.

12월의 의정부, 하늘에 지나던 구름도 얼어붙을 것 같은 훈련장을 떠올리자 벌써부터 동사라도 할 듯 추위가 느껴졌다. 찜통더위 같은 엘에이에서 20여 년을 산 느슨한 나 였으니, 거의 낭만적인 생각으로는 대처 불가능한, 몹시 힘들고 추운 겨울이었다. 나는 주말이면 미군 친구들과 이태원에 갔다. 엉터리라도, 낭만이 있는 곳에 위로가 있다지만 추위가 내 인생 같기도 했다.

"그럼 가지마! 왜 그렇게 싫은 걸 해."

"안가면 나 감옥가…… 요."

나는 꼭 끌어안았던 두 다리를 제 자리로 편안하게 놓아주면서 마음을 풀듯 한 번 더 솔직했다.

"왜, 감옥을 가? 학비 혜택 본 것 있으면 너희 엄마 돈 많은데 다 갚으면 되잖아? 엄마한테 군대 싫다고 얘기했어?"

"나, 내 엄마 싫어요. 엄마는 돈밖에 몰라요. 나한테 가르쳐 준 것도 해준 것도 하나도 없어요. 아, 아니에요. …그렇게 간단한 게 아니에요."

고민을 진지하게 얘기할 수도 없는 나는 그 대답 이후 입을 굳게 닫아버렸다.

이모는 가슴이 아픈지 침울한 표정을 하고 가끔씩 급정거를 하면서 공항을 향한 로컬 길을 달리고 있었다. 나도 이모 쪽을 외면하려고 오른쪽 창밖으로 눈을 돌렸다.

감옥이라는 말이 쉽게 나온 건 내 속에 잠재되었던 근심이 터져 나왔던 것이다. 이모가 감을 잡기에는 그녀는 너무 순진하다. 다행이다. 군인의 신분으로 위장결혼해서 주거비까지 챙기고 있는 건 확실한 범죄다. 거기다 세금 혜택까지. 신문에 날 기사감이다. 한국계 여자 공군 어쩌고, 실형을 선고 받겠지. 끝내는 미국에서 추방이 될까. 어른들은 놀랄 것이다. 어른들은 정말 순진하다. 돈이면 다인줄 안다. 어른들은 다 바보들이다. 내 방식도 결국은 어른들에게서 배운 거다.

사업이 망해서 아, 어른들의 용어로 도산이라고 했다. 할아버지에게 쫓겨나고 눈물 흘리던 엄마를 보면서 느낀 게 많았다. 우리의 이민은 비행기를 탔을 뿐이지 캄보디아의 난민들보다 가슴에 묻은 상처가 더 컸다. 엄마 아빠가 거지처럼 미국에서 고생을 하도록 할아버지를 종용한 큰아빠 큰엄마를 용서할 수 없었다. 엄마는 늘 그 어른들을 원망했다. '피맺힌 한'이라는 말을 그렇게 해서 배웠다. 내가 크면 서울에 가서 큰집에 불을 지를까하는 끔찍한 생각도 했었다. 폭탄을 만들어서 개의 입에 물려 집안으로 들여보내는 방법도.

지문 없이 단번에, 그러려면 비행기가 집 위를 나르다가 폭발물을 떨어뜨리는 것이 가장 성공률이 높을 것이다, 라고 어린 시절 내내 환상에 젖어 있었다. 실패란 있을 수 없다고 별의 별 상상을 다했었다.

어쩌면 그런 것들이 파일럿을 꿈꾸게 했는지도 모른다. 힘든 훈련도, 고소 공포증조차 염두에 없이 높이 오르면 되는 줄 알았다. 나는 정말 파일럿이 되었다. 무의식이 이렇게 희망을 성취시켜준 걸까.

고된 훈련을 마치고 캡틴이 되고 혼자 전투기를 조정하던 날, 차차 높이 날아 구름을 가르고, 그 경계 없는 구름이 포근하게 나를 받아 줄 때, 나는 세상과 친해지기로 했다. 수많은 부드러운 솜털로 이루어진 구름 속을, 구름 위를 오르고 내리면서, 지상으로부터 멀리 떨어지면서, 다시 강과 산 위를 날면서 나는 해방되고 있었다. 어둡던 어린 날의 긴 터널로부터.

지금은, 피멍이 들었다는 엄마의 피맺힌 한을 풀어주려고 공군이 되었던가 싶을 때가 있다. 우습다. 어린 나를 의식하지 않고 떠들고 흥분하던 엄마. 엄마는 성공했고, 일찍 은퇴를 했다. 악착같이 돈을 버는 동안 과거의 한을 다 잊었는지 지금은 그 서울의 큰집에서 머물고 있다. 엄마에겐 뭔가 꼭 이유가 있을 것 같다. 돈이 생기지 않는 일을 할 엄마가 아니다. 아니, 그냥 순수하게 그렇게 이를 갈던 시집에 머문다는 게, 그게 가능할까. 호랑이 같던 친할아버지가 돌아가시고 병든 할머니와 큰아빠와 큰엄마만 살고 있는 집에서 서울 생활을 즐기고 있다.

외할아버지를 불러다 '딸 팔아 먹은 놈!' 하고 욕설을 퍼 붓던 그 집에서, 그런 친할아버지를 모시고 다니던 그 운전사와 그 자가용을 타면서 엄마는 오래전, 관심도 없는 동창들을 만나 시집 자랑을 하고 다니는 게 엄마의 하루 일과가 되었다. 속셈이 뭘까. 불쌍한 엄마. 나 혼자의 오해이길 바란다. 오해일 거다.

외할아버지가 미국에 오셨을 때 고생스런 엄마를 보면서 했던 말을 기억한다면……

'원한은 원한을 낳을 뿐이다. 원한 같은 건 품지마라. 나는 괜찮다.'

눈물을 보이던 엄마에게 외할아버지는 그렇게 말했다. 어쩌면, 엄마도 지금쯤은 속을 비워낸, 빈껍데기가 아닐까.

'너무 울어서 텅 비어버렸는가, 이 매미의 허물은.'

이 시처럼 엄마도 다 비웠으면 좋겠다.

머리 위로 비행기들이 자주 보였다. 어느 항공사인지를 충분히 확인할 수 있는 높이에서 비행기들이 머리 위를 지나갔다. 공항이 멀지 않았다 싶었을 때였다. 잉글우드라는 큰 길 표시판을 지나자 어렴풋이 낯익은 어린 시절의 거리가 보였다. 나는 어린 아이처럼 대뜸 이렇게 말이 튀어 나왔다.

"나, 여기 기억난다요. 나 어렸을 때 이 동네 살았어. 요!"

내 말에, 이모는 차창 밖을 두리번거리더니 아픈 사실을 깨달은 듯 막 길을 건너는 흑인들을 고개까지 돌려 쳐다보며 말했다.

"너, 어떻게 아주 어렸을 때 살던 동네를 다 기억하니?"

"다 기억해… 요. 이 동네 어딘가에 남의 집인데 창문도 없고, 노크할 필요도 없는 자동차 차고에서 살던 거랑, 엄마가 여기 어디쯤 스왓 밑에서 장사했던 거 다 기억난다요. 지독하게 가난했었어. 요. 제대로 된 부엌이 아닌 걸 알았는지 바퀴벌레는 수십 마리쯤 되고 쥐들도 차고에서 같이 사는 것 같았어… 요. 밤이면 엠브란스 소리, 총소리, 지붕 위에 헬리콥터가 오랫동안 빙빙 도는 소리, 경찰차 소리, 싸우는 소리, 쥐들이 뭔가를 밤새 긁는 소리, 고양이가 야옹 야옹 우는소리, 밤마다 너무 시끄러웠고, 끝내 지쳐서 잠 좀 자려는 새벽엔 신문이 툭, 하고 차고 문에 부딪치는 소리. 다 기억나…… 요."

"그랬구나. 다 기억을 하는구나."

이모의 음성이 갑자기 축 쳐졌다. 그러나 나는 아직도 선명한 그 소리, 밤마다 엄마 아빠가 여러 번씩 사랑을 나누던 그 소리를 기억한다고는 차마 말하지 않는다. 그런 건 예의니까. 웃고 싶다. 아니 울고 싶은 거다. 어릴 적 생각을 한 나는 심각해진다.

여섯 살 무렵이다. 처음 이민 와서 남의 집 차고에 세 들고 있을 때였다. 잠을 자던 나는 무슨 소리엔가 눈을 번쩍 떴다. 어린 눈과 귀는 항상 의심이 많았다. 어둠속에서였다. 그 괴괴한 소리, 그때 처음 들었던 어렴풋한 기억. 어린 딸과 같이 자는 차고의 방에서도 엄마, 아빠는 알몸이 되어 그렇게 사랑놀이를 하고 있었다. 몇 시간 전만해도 아빠에게 매를 맞고 싸우던 엄마의 모습이 아니었다. 숨넘어가던 소리에 나는 또 싸우는 줄 알고 벌떡 앉았다가 얼른 누워버렸다. 낮 동안 장터에서 뜨거웠던 엄마는 밤에도 열정이 많았다. 엄마는 모든 일에 열정이 많은 사람이었다.

전화는 물론 없고, 가스도 연결되지 않는 추운 방이었다. 엄마 아빠는 둘이었지만 나는 밤이면 항상 홀로 추워서 잠을 깊이 이루지 못했다. 세상, 아니 지구가 돌아가는 소리까지 다 듣고 있었다. 어른들은 아이들이 어리다고 무시했다. 그 후, 악착 같은 엄마 덕에 조금씩 나은 동네로 이사를 갔다. 열 번쯤.

엄마가 집안에 둔 가족 앨범엔 호화스런 옷을 입은 친 할아버지 쪽 사진만 있다. 차고에서 살던 사진은 물론 없고, 이사를 여러 번 다닌 끝에 이제는 살만해서 꽤 큰집에 정착한 최근 몇 년의 사진이 가족 앨범에 보태져 있을 뿐이다. 언젠가 사회 선생이 보여준 살가도의 이주라는 흑백 사진을 보면서 생각했다. 우리 가족이 고생스러웠던 시절의 사진은 왜 한 장도 없는가 하고. 그건 엄마에게 주고 싶은 표창장 같은 건데 왜 그때 사진은 한 장도 없이 기억 속에만 있어야 하는 건가. 그게 엄마의 자존심인가. 사진첩도 명품처럼 화려해야만하나. 진품은 하나도 없는 사진첩에 구토를 일으킨 적이 있었다. 명문도 아니면서 그럴싸하게 꾸민 우리 집 사진첩. 이주라는 흑백 사진의 한 장처럼 나도 시장바닥에서 더러운 손을 빨고 다녔고, 물을 가득 채운 플라스틱 통 안에 몸을 담그고 뜨거운 여름을 났던 어린 시절이 있었다. 얼마 후, 거기서 돈을 조금 마련한 엄마는 짝퉁장사를 했었다. 물건을 팔다 단속반에 걸린 엄마가 사진을 찍던 기자의 카메라를 빼앗았다. 악착스럽던 엄마, 그렇게라도 버텨야 했던 엄마 때문에 어린 딸이 울고 있었던 걸 기억이나 할까. 내가 훈련이 끝나고 희망지로 한국을 택한 건 내 의지에서다. 위장된 가짜가 아닌 진짜 가족을 찾고 싶다는 거였다. 잃어버렸던 어린 시절의 할머니와 할아버지 그리고 재롱떨던 천진난만하던 내 웃음을 찾고 싶었다.

어느덧 자동차는 공항청사 안으로 들어섰다. 나는 이모에게 주차하지 말고 길가에 내려 달라고 부탁했다. 이제 겨우 30분이 남아 있을 뿐이어서 점잖은 이별을 나누기엔 틀린 시간이었다.

"만약에 비행기 못타면 전화해. 차안에서 기다리고 있을게. 서둘러야겠다. 애두… 어젯밤에 좀 일찍 들어오던지 하지. 이게 뭐니? 아침도 못 먹이고 보내고. 빨리 결혼이나 해라."

자동차가 주차라인에 서자 나는 사내 같은 씩씩함으로 인사를 했다.

"네, 좋은 여자 생기면. 요. 해 해."

어른들은 애들이 웃으면서 하는 말엔 신경조차 쓰지 않는다는 거다. 피나 원액을 나누는 사랑은 하지 않겠다는 내 뼈저린

진담을 알아듣기엔 어른들은 바보거나 너무 어리석은 거다.

부시가 백악관에서 연설을 하고 있는데 한 참석자가 검은 안경을 쓰고 있었다. 연설 도중 부시가 당신은 왜 실내에서 검은 안경을 쓰고 있느냐고 물었다. 그 사람이 대답했다.

"나는 장님입니다."

어른들은 모두 자기 나름의 짙은 눈 색깔을 가지고 있어서 남의 아픔을 보지 못한다.

차에서 내린 나는 그 대답과 동시에 자동차 문을 닫았으므로 이모의 잔소리는 더 이상 들리지 않았다. 정말 늦겠다. 나는 뒤도 볼 사이 없이 무거운 더플백을 어깨에 메고 공항 건물 안쪽을 향해 쉬지 않고 뛰었다. 뛰고 있는 걸음걸이 같지 않게 마음은 자꾸 돌아서고 싶다. 갑자기 낯선 곳으로 가고 있는 듯한 두려움…. 그래도 이라크 파병이 아닌 것만도 얼마나 다행이냐.

공항청사 안은 낯선 곳으로부터의 자극을 위해 비행기를 타려는 수많은 사람들로 가득하다. 우왕좌왕, 호기심에 들뜬 눈들이 반짝거린다. 다들 어디로 가는 걸까. 가고 싶은 곳엘 가는 걸까. 아니면, 나처럼 의무에 끌려가는 걸까.

어디로 갈까. ✄

— 『문학과의식』 2008년 여름호

먼 길

치매라는 정신질환에 대해서 사람의 일을 신의 소관으로 돌릴 뿐, 그 이상의 해명은 아직 과학으로는 미흡하다.

먼 길

비린내다.

막혔던 다리 혈관을 뚫고 난 뒤부터 변기에서 비린내가 나
기 시작했다. 자동차의 엔진 같은 심장을 포함한 모든 부위의
혈관들이 서로 잘 통하도록 아스피린을 복용했더니 어디서 출
혈이 생겼는지 대소변 때마다 냄새가 난다.

늙어가는 육신을 위한 보수작업에 신경을 써야겠구나 싶다.
혈압약을 오랫동안 복용한 것 외에는 비교적 건강한 편이었는
데. 노후한 기계하고 다른 게 있다면 나름대로 양심에 가책을
느끼면서 평생을 선하게 살려고 애쓴 것뿐, 폐기처분되어 가
는 기계하고 다를 것이 무엇이겠는가.

자네는 건강히 잘 지내고 있겠지. 편한 삶을 살았을 거라는 추측 때문인지 어쩌면 그 시절 그 모습과 별반 차이가 없을 것 같은 생각이 든다.

거울 속의 내 모습은 말린 무화과처럼 덧없이 늙어버렸다. 시력이 제일 먼저 노쇠하듯, 그 일을 겪은 50년 전 나는 이미 근시안이 되어버렸는지도 모르겠다.

호텔방 화장실의 청결함과 은은한 향 때문인지 방금 쏟아낸 내 배설물의 냄새가 선 채로 직선거리를 타고 콧속까지 진한 게 예사롭지가 않다.

소피를 봤을 뿐이지만 물을 한 번 더 내린다.

여우남좌라더니, 스트록이라는 위험상황이 올 뻔했던 것인지 좌측 다리와 좌측 목 혈관이 막혀 있었다. 종합검진을 받을 당시만 해도 혈관 생각은 미처 하지 못했다. 처음엔 걷기만 좀 불편해서 요추신경이거나 대퇴골에서 온 노화 원인이겠거니 했다. 왼쪽 눈에 충혈이 잦아도 피곤해서거니 했고. 더구나 왼쪽 눈에만 눈곱이 잦았는데도 그 신호를 알아차리지 못했다. 왼쪽 귀의 소리도 조금씩 가늘어졌지만 벌써부터 보청기를 끼고 싶지는 않았다. 디지털시대라고 보청기가 아주 작아지긴 했지만 자존심 때문에 보청기까지야 싶었다. 그나마 혈관 뚫는 수술을 하고서는 모든 상태가 완만히 좋아졌다.

이민 초기엔 종합병원 응급실에서 근무했는데, 남는 시간이 아까워 주말에는 교도소 진료도 했다. 정말이지, 내 몸을 뺑뺑이 돌리듯 일만 했다.

외로움은 바쁘게 일하면서 견딜 수 있어도 그리움은 그렇지 못했다. 더 늙기 전에 언제나 가슴에 담아온 자네를 만나 봐야겠다는 생각을 최근 들어 자주 했다. 그리고 드디어 결단을 내렸다.

어저께 타고 온 비행기에 나는 내 생에 처음으로 두 배 값을 치렀다. 장시간 편안하게 누워 오던 기내에서 새삼 의료봉사를 가던 젊은이들에게 좀더 도와주지 못한 것이 미안했지만 어쩔 수 없었다.

우리가 다시 만나는 것이 어언 50년 만인 것 같다.

식 전후 매일 먹는 약도 눈앞에 보이지 않으면 잊어버려져서 요즈음은 아예 식탁 한 구석에 약병들을 즐비하게 놓아 두고 산다. 혈압약, 이뇨제, 혈관확장제, 아스피린, 거기다 치과에서 처방한 항생제와 소염제까지. 수면제는 아예 침대 옆 사이드테이블 위에 자리끼와 함께 나란히 놓여 있고, 지금도 내 주머니에는 요일별로 모양과 색깔이 다른 약들을 가득 넣은 긴 약통이 들어 있다. 그러고도 여행 중에 행여 약병을 잊어버릴 것이 걱정되어 짐가방 속에도 한 세트를 챙겨 넣고 왔으니.

이런 상황인데도 지구의 반이나 떨어져 사는 인덕이 자네는 50년이란 오랜 세월 속에서도 변치 않고 기억나곤 했다. 이제야 비로소 자네를 만나러 왔으니 빨리 보고 싶다.

몇 십 년 하던 일을 이제야 놓았다. 일만 좋은 줄 알았는데 실업자 생활은 더 좋은 거 같다. 그래서 실업수당을 주면 안 된다는 거였구나 싶을 만큼 노 스트레스에 여유까지, 이런 느림은 내 생애 처음이다.

겸사해서 일을 그만 둘 때도 되었지만 어느 사내의 말이 결정적 도움이 된 셈이었다. 한 못난 한국 사내가 뱉어낸 말 때문이었다.

'당신 집에서 손자나 볼 것이지 왜 나와 일하면서 바가지를 씌워! 저기 붙어 있는 저거, 평화란 건 왜 붙여! 그렇게 돈 내고 평화가 올 사람이 있다고 당신 생각해! 당신들 나한테 영수증 안 준 거 알고 있지? 국세청에 보고 할 거니까 그리 알아! 내 매형도 의사고 동생도 의산데 내가 의사협회에도 보고할 거니까 어디 두고 봐!'

그때 나는 차트를 확인한 후 완치가 되어 대기실 소파에 고개를 푹 숙이고 앉아 있는 히스패닉 환자를 바라보았다. 비록 말은 못 알아듣지만 상황이 부담스러운지 히스패닉 환자는 결코 고개를 들지 않았다. 환자의 차트에는 개인 정보라고는 이름과 나이뿐이었다. 아마도 불법고용일 것이다. 상해보험이 없는 것만 보더라도. 그날 퇴근 시간을 넘긴 창구 직원이 영수증을 주지 않았던가보다. 이제라도 영수증을 써 주면 그만이다. 아니면, 이런 상황에서는 당신 보험서류 가져오면 청구해서 돈을 돌려 주겠다고 맞대응을 해야 되는 거겠지만, 늙수그레한 내 또래의 한 인간이 불쌍하게 보일 뿐이었다.

그 사내를 마주한 상태에서 1880년대 한국에 온 선교사 아펜셀라 이야기가 생각났다. 클레어몬트 신학대학 도서실에 남아 있다는 그 기록 말이다. 코리아라는 첫 문장에 놀라 흥분 반 기대 반으로 읽기 시작했다는 어느 한국 신학자의 말이, 읽기 시작하자 곧 실망했지만 점차 인정하고 부끄러워졌다고 했다.

그 첫 문장인 즉, '한국인은 돼지처럼 더럽고 개처럼 사납더라.' 였다는 것.

그 말의 기억 때문인지 협박을 하는 사내의 얼굴이 바로 1960년대의 우리의 모습으로 클로즈업되어 왔다.

사내가 요구한 금액을 내 주머니에서 순순히 꺼내주었다. 동시에 내가 한 말은 '미안합니다' 였고, 돈을 받아든 그가 돌아서면서 한 말은 '내가 참고 가는 줄 알아!' 였다. 사내는 꼬리를 내리고 서둘러 나갔다. 냄새나는 자와 함께 서 있던 자리를 순순히 피하게는 되었지만 사람 의심하는 병이 더 심화되었다.

환자의 병을 먼저 볼 것인가, 사람을 먼저 살필 것인가.

가끔씩 도지는 고질병이었다. 사람 보면 무조건 의심부터 했던 건 오래된 병인데, 이번에는 좀 더 심각해진 것이다.

날카로운 칼로 박스를 자르다 세 손가락을 동시에 그어서 온 히스패닉 환자를 치료한 건 저녁 7시에서 8시, 한 시간 이상이 소요된 봉합수술이었다. 첫날 치료비를 낸 건 사장인 사내였고, 이틀에 한 번 꼴로 환자를 데려와서 치료를 하곤, 완치되던 날 마침 대기실에 다른 환자가 없던 틈을 기다렸다는 듯 사장인 사내는 직원을 향해 큰 소리를 지르기 시작했고, 젊은 직원 둘이 모두 만류했지만 내가 나서 요구를 들어주는 것으로 해결을 본 것이다.

그날, 사내가 돈을 받아들고 나가는 뒷모습을 물끄러미 바라보다가 그때 50여 년 전 자네와 내가 겪은 그 일이 다시 떠올려졌었다.

그리고 며칠 후, 우연인 듯 왼쪽다리가 심하게 아파서 정밀촬영을 했고 급기야는 막힌 혈관수술을 세 곳이나 했다.

이어 나는 후배에게 20여 년 지켜오던 자리를 넘겼다. 때맞

추어 재미거주 고교 동창들이 연말을 맞아 서울에서 모인다는 연락을 받았고, 이번에 참석키로 한 건 순전히 인덕이 자네를 만나기 위함이었다.

기억 속의 너를 떠올리면 서늘했던 외로움이 그리움과 위로로 가득차곤 했다. 상처도 사람이 주지만, 구원도 사람을 통해 받는다는 말이 틀리지 않았다.

화장실을 나와 방안을 서성이던 나는 창가로 다가가 두꺼운 겨울 커튼을 힘껏 젖히고 서울 시내를 멀리까지 내려다본다.

밤새 인왕산 자락에 길게 늘어져 있던 솜털 같은 하얀 안개가 서서히 걷히고 있다. 창가에 서서 저기가 청와대고 여기는 경복궁이구나 하며 아직 희미한 새벽의 서울 풍경을 눈으로 분별하고 있다. 이렇게 많은 가옥들 중에 자네는 어디쯤 살고 있는지.

새벽인데도 이동하는 차량들이 꽤 많다. 새벽의 찬바람을 휘감고 총총히 걸어가는 사람들의 모습이 바로 서울을 키워준 원동력이었구나 싶은 생각이 든다.

자네에게 전화를 하기엔 아직 이른 시간이어서 다시 침대에 눕는다.

이곳 광화문 쪽으로 호텔을 예약했던 건 자네가 서울 어디에 살던 찾아오기가 수고롭지 않을 것 같아서였다. 내가 서울에 머무는 보름 동안 우리는 충분히 자주 봐야 하는 거니까.

그런데 어저께 밤의 동창회에서 자네를 보지 못했다. 자네가 나타나기를 기다리는 동안 동창들이 권하는 술을 몇 잔 했지만 전혀 취하지 않았다. 되도록 맑은 정신으로 만나야 한다는 생각 때문인지 끝까지 취기는 느끼지 않았다. 작년 동창회에는 건강한 모습으로 왔었다면서 자네의 참석을 누구도 의심치 않았다. 동창회에서 자네의 휴대전화 번호를 찾아 적어 주었다. 이미 너무 늦은 시간이어서 호텔로 돌아와 눈 좀 붙였다가 아침에 연락을 하려고 기다리는데 왜 이렇게 시간이 안 가는 것인지.

잠깐 잠이 들었었나 보다. 어제 마신 술 탓인지 또 화장실이다. 역시 비린내다. 일시적인 현상이면 좋으련만. 두 번 플래시하는 걸 잊지 않는다.

침대로 돌아와 탁상시계를 보니 전자시계가 드디어 7시 48분을 가리키고 있다. 이제 천천히 8시를 기다렸다가 전화를 해야겠다 싶어 지갑을 열고 어제 받은 쪽지를 찾았다. 누군지 휴대전화 번호를 삐뚤삐뚤 크게도 써 주었다. 모두들 술기운이었으니 번호가 제대로인지 의심이 들었지만 일단 눌러 본다.

벨이 울린다. 제발 받아라.

"여보세요?"

웬, 여자 음성, 하지만 확인은 해야겠다 싶어 나는 입을 열었다.

"너무 일찍 전화 드려 죄송합니다만 박인덕 씨 휴대전화 아닙니까?"

"네, 맞습니다. 저는 그분 안사람인데 누구신가요?"

맞는 번호였다.

"미국에 사는 고등학교 동창 안영광이라고 합니다. 초면에 아침 일찍부터 실례가 많습니다."

"아닙니다. 이렇게 멀리서 오셨는데 죄송해서 어쩌지요……."

순간, 살짝 불안한 마음이 스쳤다. 그러나 내색은 못한 채 조심스럽게 물어보았다.

"어디 멀리 출타 중인가요?"

"그게 아니고……."

나는 다급한 마음에 아직 면식도 없는 부인에게 사연을 늘어놨다.

"꼭, 만나고 싶다고 전해 주십시오. 저는 고등학교 내내 광주에서 같이 하숙을 하던 친구입니다. 제게는 둘도 없는 고마운 친구였습니다. 미국에 사느라 연락 한 번 안 한 건 제 불찰이지만 이 친구를 만나고 싶어서 멀리서 나왔습니다. 동창회에 오면 만날 줄 알고 어제 오후 늦게 도착해서 부랴부랴 참석했는데 안 나왔더군요."

"저도 안 박사님 말씀은 오래전에 들어서 알고 있었습니다. 그런데, 실은 남편이 치매에 걸려서… 동창들을 못 알아 볼 것 같아서, 참석하지 못했습니다."

왠지 불안하던 끝에 치매라고 듣는 순간 가슴이 철렁 내려앉는 듯했다.

"치, 맵니까?"

"저나 가족은 알아보시는 것 같지만…. 박사님께서 멀리서 오셨으니 뵙도록 해야겠지만 실망하실 거예요."

"어쨌든 저로선 한 번 만나고 싶습니다."

"그럼, 언제쯤이 좋으시겠어요?"

"당장 오늘이라도 가능하시다면, 만나서 얼굴이라도 한 번 보고 싶은데, 부인께서 편리한 시간과 장소를 알려 주시면 제가 그리로 찾아가겠습니다."

교통 좋은 호텔에 묵고 있다는 말을 나는 차마 하지 못했다.

"언제까지 서울에 머무르시나요?"

"아직 일주일 이상은 더 있겠지만, 빠를수록 좋겠습니다."

함께 고향인 제주도에도 내려가 볼 계획이었다는 말을 할 수가 없어서 끝을 얼버무렸다. 나의 부모님은 오래 전에 미국으로 이민을 오셨다가 두 분 다 돌아가셨지만, 친구의 부모님 안부도 궁금하고, 아직 살아 계시다면 고향에 계실 거라 생각해서 인사를 드리고자 했던 것인데, 현실은 내 마음과 전혀 다른 상황인 것 같았다.

"이렇게 하시면 어떻겠어요? 오늘 오후 시간에 저희 집으로 오셔서 이분과 같이 저녁 식사를 하시면 어떨까요?"

"그건 너무 폐가 될 것 같은데요. 밖에서 제가 모시면 좀 편안하시지 않을까요?"

"남편을 모시고 다니기에 불편하기도 하지만 그래서보다 이렇게 먼 길 오셨는데 제가 식사를 준비하면 해서요?"

"굳이 그러시면 제가 찾아가겠습니다. 그 친구를 만나러 가는 일보다 기쁜 일이 어디에 있겠습니까. 그럼, 댁 위치를 가르쳐 주시지요?"

부인은 학교 선생을 했을 것 같은 느낌이 들만큼 지도를 펴 놓은 듯 이해가 쉽도록 지리를 가르쳐 주었다. 뜻밖에도 경기권인 분당이라는 곳이었다.

현관에 들어서자 은은한 향기와 함께 부인인 듯한 초로의 여인이 아담한 체구에 밝은 옷차림으로 맞아주었다.

"어서 오세요!"

"안영광이라고 합니다. 이렇게 뵙게 돼서 저로선 감사할 따름입니다."

"저도 그렇습니다. 안으로 드시지요."

홀을 지나자 넓고 훤한 거실에 노년의 신사가 붉은색 스웨터에 카키색 베레모를 비스듬히 쓰고 깔끔한 차림으로 휠체어에 앉아 있었다. 친구의 옛 모습이 많이 남아 있긴 한데 실내에서 어인 모자인지, 이 친구의 취향은 아니다 싶었다. 가까이 다가갔다. 나를 전혀 알아보지 못한다는 것을 한눈에 알 수 있었다. 안타까운 생각에 가슴이 저려들고 눈물이 핑 돌았다.

"인덕아!"

이름을 불러도, 손을 잡아도 표정에 변화가 없었다. 이런 모습이라곤 진정 예상도 하지 못했다.

좀 웃어주면 어때서 멀뚱멀뚱한 채 허망한 표정이란 말인가.

가슴이 먹먹한 채 침묵의 시간이 흘렀다.

나는 한참 만에 친구의 손을 조심스럽게 흔들며 애원하듯 말했다.

"모르겠냐? 나 영광이야!"

여전히 눈만 깜박거리며 낯선 사람 보듯 한다.

"미국에서 오신 당신 고등학교 동창 안 박사님이세요."

"기억하겠니? 영광이야!"

두 사람이 번갈아 가며 자신에게 장난을 친다고 생각했던 것일까. 인덕이의 얼굴에 약간의 생기가 돌기 시작했다.

부인이 남편을 거들 듯 둘러댄다.

"알아보시는 것 같아요."

나 역시 부인의 민망함을 덜어주기 위해서라도 무슨 말이든 해야 되었지만, 마주보는 친구의 눈빛은 여전히 사슴처럼 선해 보이기만 했다.

"이 사람은 나에게 있어 50년이 지난 지금까지도 잊혀지지 않는 친굽니다……."

이 짧은 말이 채 끝나기도 전에 눈물이 후두둑 떨어졌다. 늙으면 주책이라더니. 잠시 떨구었던 고개를 다시 들고 보니 부인이 자리에 없었다.

나는 다시 인덕의 표정을 살핀다. 알아보기라도 하듯 잠깐 반가운 듯한 기색이 돌았으나 나를 진정 기억하는 것인지 혼란스러움만 더했다.

"네가 왜 하필, 벌써 치매냐. 뭐 그리 괴로운 추억이 많았다고 내가 아닌 네가 치매에 걸린 거야."

바라보는 나도 당황스럽고 힘이 들었던 것일까. 쓸데없는 소리가 먼저 나왔다. 여전히 약간 웃는 표정일 뿐 말은 하지 않고 있어 안타까움이 더했지만 나는 멈추지 않았다.

"인덕아! 네가 많이 그리웠다. 얼마 전부터 부쩍 더 그러더니……."

말끝이 흐려지고 있을 때 부인이 쟁반 위에 따뜻한 차를 받쳐 들고 나와 내 앞으로 찻잔을 옮겨 놓으면서 조용히 말했다.

"다행히 알아보시고 기뻐하시는 것 같아요. 이분이 이렇게 되신 게 지난 10월이었어요. 뇌경색으로 뇌수술을 받으셨는데, 그때부터 언어장애가 생기더니 이젠 완전히 치매환자가 되셨네요."

나는 그제서야 이 친구가 왜 모자를 쓰고 있는지를 눈치챌 수 있었다. 나는 무의식중에 부인의 허락도 받지 않은 채 친구의 모자를 살짝 들쳐보았다. 머리카락이 희끗희끗 자라는 중이었고 그 사이로 한 뼘 정도의 수술 자욱이 굵고 선명했다.

부인이 휠체어 옆 소파에 앉으면서 옅은 미소와 함께 한숨을 내쉬었다.

"이 친구와 저와는 잊혀지지 않는 기억이 하나 있습니다. 저의 실수를 이 친구가 이해하고, 용서하고, 어른다운 자세로 넘겨준 사건이 있었지요. 퍽 고마운 친구였습니다. 50년 전이지요…. 고교 1학년 때 같이 하숙을 하던 어느 저녁시간에 저 혼자 책방에서 책을 살까 하고 나갔다가 낯모르는 고등학교 교복을 입은 학생이 서점 주인에게 무슨 딱한 사정을 말하다 거절당하고 막막한 표정으로 나가는 것을 보았어요. 뒤따라 나가 무슨 일이냐 물었더니 서울 모 고등하교 야간에 다니는 학생인데, 여비도 떨어지고 마지막 기차를 놓쳐서 잘 곳이 막막하다는 이야기였습니다. 저는 차비를 보태 줄 테니 오늘 밤은 우리 하숙집에서 자고 다음날 떠나라고 하숙방까지 데려와서 재우고, 나와 이 친구는 아침에 학교에 갔습니다. 오후에 하숙방에 돌아오니 먼저 와 있던 이 친구가 얼굴이 벌겋게 되어서 어제 그 서울 학생이 떠나면서 자기 참고서적과 카메라를 가져갔다는 놀라운 말을 하며 무척 당황해하더군요. 당시 카메라는 귀중품에 속할 때 아닙니까. 저는 할 말을 잊고 어쩔 줄 몰라 미안하다고만 하고 어떻게 해야 할지 몹시 걱정하며 지내고 있는데, 며칠 후 이 친구가 잊기로 했으니 염려 말라는 거였어요. 그 후, 단 한 번도 다시는 그 이야기를 하지 않아서 없었던 일로 끝난 일이 있었습니다. 그 당시 우리 집 사정으로는 카메라나 참고서적을 변상할 수 있는 형편이 안 되었습니다. 그 이후 오늘까지 저는 이 친구의 이해심과 넓은 아량에 항상 마음속깊이 감사하고 살아왔습니다."

오래 된 기억은, 참담했을지언정 이렇듯 허물이 없어지는가 보다.

"예, 저도 시집와서 오래 전에 그 이야기를 들었습니다. 그래서 안 박사님 성함을 기억하고 있었구요. 참 좋은 친구인데 너무 멀리 떨어져 산다면서 이분도 아쉬워하셨어요."

나는 다시 먹먹한 가슴이 되어 어떤 말도 쉬 나오지 않았다.

분위기가 부담스러웠던지 부인이 자리에서 일어서며 말했다.

"그럼 두 분이 오랜만에 정겨운 시간을 가지세요. 저는 잠시 부엌에 들어가 보겠습니다."

배려겠지 싶었다. 미안했던 옛 기억으로 배가 이미 부른 탓인지 저녁 생각도 사라졌으나 나는 굳이 무슨 말을 하지 않았다.

친구의 손이나마 실컷 잡아 보고 싶어 두 손을 각각 내 손안에 모두어 쥐었다. 손에 전혀 힘이 느껴지지 않는 것으로 보아 여전히 나를 못 알아본다는 것을, 그 슬픈 진실을 다시금 깨달아야 했다. 혈색이 좋은 것만으로도 다행이고…, 맥박을 짚어 보았으나 고르고 팽팽했다. 부인의 간호가 극진한 것을 알 수 있었다.

손을 감싸 다시 힘을 주어 보지만 여전히 감각이 없어 나는 그의 선한 눈빛을 마주보며 고개를 내저었다.

"헛되고 헛되다! 그래도 그건 아니지. 적어도 내 인생에 네가 끼친 영향은 엄청났어! 바로 너야!"

나도 모르게 크게 튀어나온 소리에 놀랐는지 손에 진동이 느껴질 정도로 인덕의 손이 움찔했다. 얼굴을 살폈으나 표정은 그대로인데. 나는 혼란스럽게 하지 않으려고, 그러면서도 한편 기억을 깨워 보겠다는 희망에서 말을 이어가기 시작했다.

"내가 밖에서 살아오는 동안, 그 일보다 힘든 몇 가지 사건들이 있었다. 그때마다 위로가 되어주고 길을 잡아준 건 바로 너였다. 그때 정말 고마웠다. 생각해보면 전 재산 같은 카메라였는데, 더구나 어린 나이였는데, 너는 더 이상 내색하지 않았다. 교내 전체에서 그 카메라를 가진 건 너 하나였을 거다. 나는 너와 한 방을 쓰면서도 만져볼 생각도 못했는데. 카메라를 도둑맞고 한동안은 하숙집에서 주는 아침 밥상에 마주앉아 숟가락을 뜰 때마다 면목이 없어 자책하곤 했는데, 너는 나 좋아하는 반찬에는 손도 안 대니 더욱 미안하더라. 오히려 그 이후 방학을 맞아 고향에 내려갈 때마다 너의 집에 여러 번 불러주기까지 했다. 같은 제주도지만 구좌읍의 평대리에서 야채 농사를 짓는 나의 부모님에 비하면 귀향 내려온 울산박씨 집안의 14대 손이라는 너의 부모님은 규모가 완연히 다른 큰살림이시더라. 식사 때가 되어 차려나온 밥상이 우리 집과는 확연이 달랐다. 네가 찾아와도 기름진 음식은 상에 올려 본 일도 없이 찌그러진 양은냄비를 그대로 놓는 가난한 나의 어머니 솜씨에 비하면 너의 집은 그렇지 않았다. 어린 아들의 친구임에도 한껏 먹이려는 듯 아낌없이 큰 상을 차려주곤 했다. 밥이 담겨진 놋그릇까지도 우리 집과는 너무도 달랐다. 거기다 방문할 때 빈손이었던 내 손에는 부모님께 드리라며 집안에서 만든 다식 등 과일주를 정갈한 보자기에 싸 주곤 했었다. 외출복이라곤 낡은 교복 단 한 벌이 전부인 나는 너의 극진한 대접에도 열등의식을 느끼지 않을 정도로 너는 나를 배려하고 조금도 생색내지 않았다. 모든 면에서 우월하면서도 말 수까지 적어 차라리 친형 같았다. 고등학교를 졸업하고 너는 서울에 있는 대학에 진학해서 영문학을 전공했고, 나는 지방에 있는 의대로 입학하면서 우리는 다시는 만난 일이 없었다. 나는 군의관으로 제대를 하고 곧바로 미국으로 가버렸으니까. 대학을 졸업하고 너는 서울의 어느 고교에서 영어선생을 한다는 소식은 들어 알고는 있었다. 그런데, 이 나이에 벌써 치매가 올 줄은 미처 상상을 못했구나. 좀 더 서둘러 찾아보았어야 했는데 면목이 없다. 정말 미안하다……."

속죄하는 마음에 깊이 숙였던 고개를 다시 드는데, 낯이 익은 큰 족자가 맞은편 벽에 걸려 있음을 보았다.

눈오는 벌판을 가로질러 걸어갈 때 발걸음 함부로 하지 말지어다.
오늘 내가 남긴 자국은 드디어 뒷사람의 길이 되느니.

백범의 낙관이 찍힌 서산대사의 선시였다. 어려서 친구의 집에서 본, 눈에 익은 족자였다. 그때는 누군가의 한자 붓글씨체가 굉장하구나, 하는 것만 느꼈지 지금처럼 읽을 줄은 몰랐을 때였다. 읽어 본들 내용을 알았을까만 가슴이 뭉클했다.

대물림의 저 족자 속 선시의 깊은 뜻을 헤아리고 행하는 자는 이 친구가 아니면 누가 있으랴 싶었다.

개처럼 사납고 돼지처럼 더러운 게 한국 사람의 전부는 아니었다는 걸 증명하는 통쾌한 순간이었다.

잇달아 떠오르는 다른 기억이 있어 나는 또 입을 열기 시작했다.

"오래전에 증인 자격으로 법정에 섰던 일이 있었지. 그때도 네가 많이 생각났다. 너라면 어떠했을까, 하고. 내가 사는 콜로라도는 눈이 많이 오잖냐. 어느 젊은 가장이 연휴에 가족과 함께 눈을 보러 산에 갔는데, 그만 길을 잃고 차도 고장이 난 거야. 히터도 켜지지 않는 상황에서 차 안은 점점 춥고, 전화도 안 터지고 그대로 있다가는 가족을 다 죽이겠다 싶어서 두 아이와 아내를 차 안에 남겨두고 주변을 헤맸대. 그러다 본인도 얼어 죽기 일보 직전에 낡은 집을 하나 발견했다나 봐. 이제는 살았다 싶어 문을 아무리 두드려도 인기척이 없는 빈집이었대. 이 가장은 천만다행이다 싶어 자신이 만든 눈길을 되밟아 가며 차로 돌아가 아이들과 아내를 데리고 다시 빈집으로 갔던 거야. 문을 부수고 들어가 벽난로에 불을 지피고 가족들의 언 몸을 녹였어. 그러다 그만 난로가 있는 벽에 화재가 난 거야. 눈 속의 불이라 크게 번지지는 않았대. 불을 다 끄고 났을 때, 그때서야 집 주인이 돌아 온 거야. 그 집에 혼자 살고 있던 주인남자는 벼락 같이 화를 내며 어린 아이들을 포함한 이 가족들을 모두 문 밖으로 내몰았어. 물론, 젊은 가장은 보상을 하겠다고, 차가 고장이 났다고 하룻밤만 재워 줄 것을 사정했지만, 집 주인은 아랑곳하지 않고 나가지 않으면 가족 모두를 죽이겠다고 총을 겨누면서 협박했지. 가장은 하는 수 없이 가족을 이끌고 그 집을 나섰어. 눈 쌓인 저녁 산을 죽기 살기로 내려 온 거야. 집 주인이 만들어 놓은 타이어 자국이 도움이 되었대. 두 살, 다섯살배기 아이들을 부부가 각자 담요로

싸서 업고 산을 내려왔대. 그날 밤, 응급실에 실려온 가족 모두 고열로 중환자실에 입원됐지. 내가 마침 당직이었어. 가족 모두 폐렴 증상에다가 어른들은 발에 심한 동상까지 걸렸더군. 그런 상황인데 얼마 후 산속 집 주인이 의뢰한 변호사에게서 편지가 왔다나봐. 고장난 자동차를 산에 두고 왔으니 모든 인적사항이 나왔겠지. 그렇게 해서 같은 백인 두 사람의 법정 싸움이 시작된 거야. 물론 주거지 불법 침입죄가 크기야 하지. 그러나 젊은 가장 측은 강추위에 내쫓기어 결국 폐렴으로 두 아이를 다 잃게 되었어. 응급실 의사로서 그 아이들을 처음 본건 나였어. 아이들은 어린이 전문병원에 한 달 이상 입원했는데 결국 죽었어. 그때도 자네 생각이 나더라. 하룻밤 재워 주었다가 전 재산 같은 카메라를 도둑맞은 경우처럼, 산에 혼자 사는 사내도 아마 불행한 과거로 의심만 많은 사람이 아니었나 싶었어. 너라면 그 젊은 가장에게 화재에 대해서 묻기보다 땔감을 더 가져다주었을 거라는 생각이 들었지. 사건 진행이 질질 끌면서 양측 변호사들만 신이 났을 거야. 뒤늦게야 두 아이가 모두 죽은 걸 알게 된 집 주인은 고소를 취하하고 싶어도 변호사 때문에 계속되었을지도 모르지만. 사건을 듣는 것만으로도 판사나 배심원들이 다같이 힘들었을 거야. 나는 그 아이들에 대한 증언을 한 후, 여러 날 동안 꾸준히 너를 생각했었다. 죄 없는 아이들이 폐렴으로 죽었는데…. 눈 구경하러 집을 나온 아이들이 침 묻고, 손때 묻은 장난감들과 편안한 작은 침대가 기다리는 자기 방으로 끝내 돌아가지 못하고 죽었잖냐. 하룻밤만 재워주었더라면…. 어른들이 펼치는 광경은 정말 개판이라는 옛말이 맞아. 개판이 아니라면 운명이라는 말이 맞을 거야. 그 집 주인 사내가 조금만 일찍 돌아와 있었더라면 현관문을 두드렸을 때 당연한 듯 들어와 묵고 가라고 하지 않았을까. 자기 손으로 불도 피워주면서 말이야. 아니면, 그날 밤 집 주인이 아예 돌아오지 않았어도 좋았을 걸. 첫 대면을 어떻게 하느냐는 정말 중요한 것 같아. 내가 50년 전 만난 그 학생은 책방에서였지. 모든 중요한 사건은 몇 시간, 몇 초 사이야. 운명적인 사건일수록 인간의 판단력을 테스트하는 기간은 짧더군. 친구야, 힘들어서 어찌하냐. 내가 진작 와서 온전한 대화라도 한 번 나누었어야 했는데, 늦어서 정말 미안해. 네가 바로 옆에 있으니까 너의 너털웃음이 더 많이 그립구나."

여전히 아무런 대꾸가 없었지만, 잡고 있는 친구의 손에 희미하게나마 힘이 느껴져 조금은 위로가 되었다.

때마침 부인이 우리를 부엌으로 안내했다. 부인의 권한을 빼앗듯 친구의 휠체어를 내가 밀었다. 그렇게 해서 우리 셋은 부엌 식탁으로 자리를 옮겼다.

밤이 늦었다.

식사시간이 길었던 탓이었다. 부인이 친구에게 음식을 일일이 떠먹여야 했으니까. 음식을 오래도록 씹고 있는 모습을 보니 역력히 환자였다. 나까지 속도조절을 하느라 부인과 이야기를 섞어가며 느릿느릿 먹어야 했다. 식사를 마치자 부인이 디저트로 색색의 과일과 차를 내왔다.

"시차로 인해서 못 주무실까봐 카모마일로 했습니다."

"감사합니다. 그렇잖아도 수면제를 복용해야만 잠이 들 수가 있었는데……."

그런데, 갑자기 이게 무슨 날벼락인지 집안 분위기에 맞지 않게 배변 냄새가 진동하기 시작했다. 덩치 크고 후한 인덕이 다웠다. 마침 식사가 다 끝나 서로에게 다행이다 싶게 순식간에 벌어진 일이었다. 친구의 얼굴을 바라보자 드디어 입을 벌리고 웃고 있는 게 아닌가. 마치 뱃속편한 우량아처럼.

머무른 시간도 길었고, 부인이 민망스러워하기 전에 일어서야겠다는 생각이 들었다. 나는 자리에서 일어서며 저녁식사가 맛있었다는 인사를 했다.

응접실에 걸어두었던 외투를 입기 위해 식탁이 있는 부엌을 나서며 나는 다시 친구의 휠체어를 응접실까지 밀어주었다. 그리곤 헛말 대신 친구의 두 손을 꼭 잡았다. 우리 서로 이렇게 늙어가는구나 하는 생각에 내 마음은 차라리 덤덤해져 있었다.

그때 부인이 말했다.

"표현은 못하셔도 적적하게 지내시던 터에 찾아주셔서 고마워하시는 것 같아요."

"좀 더 일찍 찾아봤어야 했는데 송구스럽습니다. 허락하신다면 출국하기 전에 한 번 더 들르겠습니다."

"일정도 바쁘실 텐데 일부러 신경 쓰시지 마세요."

"그래도 연락은 드리겠습니다."

부인과 나는 현관을 향해 나가며 그렇게 말들을 주고받았다. 나는 구두를 신은 다음 코트의 안주머니에서 준비해온 봉투를 꺼냈다.

"이거, 작지만 저 친구 약값에라도 써 주세요."

말은 그랬으나, 이 세상을 좋게 만드는 돈 안 들고 화학성분이 전혀 들어가지 않은 약을 떠올리고 있었다. 마음에서 생성해내서 마음으로 정성스럽게 전달하는 약 말이다. 부인이 건강해야 친구를 잘 돌볼 수 있는 상황이었다. 내 진정한 의미는 부인이 간병인이라도 써서 서로 덜 고생되기를 바라는 거였다.

부인은 극구 사양했지만 나로서도 양보할 수 없었다.

택시 잡기가 쉽지 않았다.

줄을 서야 택시를 순서대로 탈 텐데, 밤이 늦어선지 무법천
지였다. 인덕의 집안 풍경과 바깥세상은 사뭇 달랐다. 무정한
세상이라고, 무서운 세상이라고 말하기엔 그들 부부가 있어
민망스러웠다.

지금쯤 부인이 얼마나 애쓰고 있을까. 빤히 알면서 이렇게
도와주지 못하고 나왔으니. 차라리 친구를 마룻바닥에 눕혀
놓고 기저귀라도 갈아주고 나왔어야 옳았다 싶었다. 덩치 큰
놈과 씨름하고 있을 부인의 작은 체구가 안타깝게 느껴졌다.
환자야 오히려 세상사 다 잊고 차라리 편할 수도 있을 테니까.

점점 발이 시려왔다. 땅이 얼어붙기 싫어 내 발의 온기를 뺏
고 있는 것일까.

체면에 발을 동동거릴 수도 없고 젊은이들처럼 뛸 수도 없
어 택시 대여섯 대를 놓치고 한참 후에야 간신히 차를 잡아 승
차했다. 바깥 기온이 많이 내려가 떨고 있었던 탓인지 차 안이
친구의 집처럼 아늑했다.

아파트 숲을 빠져 나오자 이내 또다른 빌딩들이 서로들 높
이를 뽐내고 있었다.

어느 빌딩 꼭대기에 서 있는 빌보드의 광고 글씨가 특이하
게 다가왔다.

'과거는 다 잊으세요. 이력서 없이 면담만으로 취업……'

살펴보니 대기업 사옥 위에 붙은 광고 문구였다. 빌보드의 넓은 주황색 배경 가운데에 하얀 지우개 자국이 그려져 있었다. 그리고 그 지워진 지면에 연필체의 문구.

'과거를 다 잊으세요. 이력서 없이……'

내 머리와 가슴에서 지우개가 서서히 움직이는 느낌이 들 정도로 광고판의 내용과 색상이 점점 멋지게 다가왔다. 오랜만에 보는 상큼한 아이디어였다.

얼기설기 복잡했던 마음이 말끔히 지워져가는 듯했다. 그래, 낯선 행성에 들어선 우주의 탐험가처럼 남은 시간은 이제 새로운 사건으로 채우기로 하자. 드디어, 하루 중에 가장 편안한 순간이었다.

택시가 밤늦은 서울 거리를 멈추었다 가고, 서고, 가고, 세상을 굽이굽이 흘러가듯 스쳐가듯 호텔을 향해 달렸다.

차창 밖은 산타크로스의 복장을 한 구세군의 모습도 여기저기 눈에 뜨이고, 가로수는 불야성을 이루고 있었다.

아, 눈발이다! 서서히 하얀 눈이 날리기 시작한다. 행인들이 환호성을 터트리며 밤하늘을 쳐다본다. 어느 사이 지우개 흔적을 하고 있던 빌보드가 까마득히 사라졌다. 점점 굵어지는 눈발. 지나온 세월이 주마등처럼 싱싱 흘러갔다. 그때 문득 친구의 카메라를 가져간 사람도 밝은 모습으로 늙어가고 있으면 좋겠다는 생각이 들었다. 50년 전, 그 학생이 만약 교복차림이 아니었다면, 그래도 나는 그를 하숙집까지 데리고 갔었을까. 교복과 서점 사이에서 생긴 믿음이었다.

그날, 사람을 한눈에 알아본 서점 주인의 안목과 냉정은 부럽지 않을 수 없었다. 인문, 역사, 종교, 철학, 과학, 정치, 예술, 경제, 문학 등 좋은 책은 모두 읽어 판단이 빠른 사람이었는지도. 아니면, 책은 읽어도 책을 쓴 사람은 믿지 않는 부류였는지도. 어쨌거나 그 서점 주인도 지금쯤은 차가운 지하에서 흙으로 해체되고 있겠지.

그 사이 세상은 눈 속에 온통 파묻히고 있었다. 하얀 설산에 핀 겨울 꽃인 양 찬란한 네온사인이 언덕의 맥박에 힘을 불어넣듯 명멸했다. ✗

― 『월간문학』 2012년 1월호

변기

변기의 모든 내재율을 최유혜 소설은 생의 일상성에 대입한다. 따라서 이 소설은 일상성 묘사로 평범한 소이를 보여준다. 사람의 계산 방법, 그것은 선이면서 악이라는 소설적 연출기법은 변기의 기능으로 환치되는 묘수를 낳고 있다. 밥을 먹기 위해서는 서로의 엉덩이를 볼 수밖에 없다는 소설.

그런데 왜 독거미는 변기에 와서 죽었을까. 생은 이런 화두로 지탱되면서 그 화두의 답을 변기에 쏟아낸다. 아마도 그런 해석이라면 독거미의 생과 사는 소설의 화두이면서 그 화두의 답이 아닐까.

변기 Toilet

　　당나귀가 꼬리를 잃었다. 그것은 당나귀에게는 쓰디쓴 고통이
었다. 그래서 꼬리를 찾아 다시 붙일 수 있을 거란 생각으로 사방
팔방 꼬리를 찾아 헤매고 다녔다. 당나귀는 초원을 지나 얼마 후
정원으로 지나갔다. 정원사는 자기가 심어 놓은 풀과 나무를 당나
귀가 짓밟아 놓은 것을 보고 참을 수가 없었다. 화가 치밀어오른
정원사는 당나귀에게 달려가 두 귀를 모두 자르고 몽둥이질을 해
서 당나귀를 정원 바깥으로 내쫓았다. 꼬리를 잃고 시름에 잠겨
있던 당나귀는 이제 귀마저 잃고 더 큰 고통에 시달려야 했다.

　　ー (필페이, 4세기)

나는 식탁 앞에 앉아 오른 손에 포크를 든 채 왼손에 들고

있던 포켓용 우화집을 읽고 있었다.

식탁에 둘러 앉은 세 가족, 모두 침묵이다.

Friday, April 13, 2012

아빠가 신문을 크게 펼쳐 획 뒤집을 때 윗면의 날짜를 재빠르게 읽었다.

4월 13일, 금요일이다. 고개를 돌려 마주 앉아 식사 중인 엄마의 얼굴을 몰래 읽는다.

해는 바뀔수록 태양은 더 강렬한데 엄마의 얼굴은 어젯밤 달처럼 빛깔도 없고 살짝 찌그러진 듯하고 피부 결도 많이 거칠어서 부쩍 늙어 보인다.

해는 셈을 모르고 돌지만 엄마는 셈을 배운 게 그 이유일지 모르겠다.

아직, 봄이 진행 중이라고 귀띔이라도 해야 하는 걸까.

입 안에 남은 음식을 오래도록 씹으며 나는 속으로 생각했다. 엄마는 나에게 한글학교에 보내는 것도 모자라 한문까지 가르쳐주곤 했다. 특히 사자성어를 게임처럼 주고받으며 외웠다. 지금 내 왼손에 쥐고 있는 우화집도 한글 책으로 엄마가 오래 전에 사줬던 거다. 이것저것 내게 제일 많은 배려를 한 분이 엄마다. 내게만이 아니다. 대체로 많은 사람들에게 야멸치지 못한 게 엄마였다.

문제는 항상 안하는 것보다 하는데서 생기는 거다, 라는 생각을 요즘 들어 자주 하게 된다. 그건 내가 꼭 법학을 공부해서가 아니라 엄마의 얼굴을 볼 때마다 절실히 느끼면서 배운 산 공부다. 나는 가질 수 없는 것들에 대해 일 푼의 갈망도 느끼기 전에 일찌감치 경멸해야지. 바보들이나 먹으라던 포도밭의 여우처럼 먼저 등을 돌려야지.

지치고 힘들어하긴 했어도 날마다 밝은 표정이던, 상냥하던 엄마의 옛 모습이 그립게 될 줄이야. 엄마도 속으로는 그걸 알아차렸는지도 모르겠다. 정신을 집중해서 책을 읽던 때가 얼마나 평화로운 시절이었는지를. 붓을 들고 이젤 앞에 앉아 팔레트에 이 색, 저 색, 물감을 섞을 때가 축복이었음을. 그러고 보니까 여유롭게 차를 즐기던 모습도 까마득하다. 사업 때문인지 마음을 많이 빼앗기고 있는 것 같기는 한데 물어볼 수도 없다.

학원을 접고, 세 사람이 동업을 시작한 게 2005년 1월 무렵이었다. 부동산을 포함한 사업이었다. 엄마는 학원으로 번 돈을 몽땅 투자했다. 개업 준비로 식당 내부설계와 주류 판매 면허를 신청하고부터는 모든 게 재빠르게 진행되었다. 메뉴 준비를 위해 왕씨 부부가 주방장과 스시맨을 섭외해 계약이 성사되자 엄마가 학원을 하던 장소에 프로판가스를 설치하고 거의 6개월간을 부엌으로 사용했다.

식당 로고가 들어간 간판제작 주문, 스시학원에서 요리연습에 경영특강까지. 그릇과 장비 사러 다니기. 특히 식당 내부와 주차장의 인허가를 받는 일은 엄마 혼자 시청까지 일일이 다니며 공사 시기를 앞당겼다. 그건 아마도 아빠의 치과 건물을 개축할 때의 노하우가 도움이 되었을 것이다. 엄마는 학생들을 가르치는 것 이상으로 땀을 뺐다. 거의 9개월이 지날 무렵엔 큰길가에 있던 넓은 땅의 일부가 깨끗한 주차장으로, 낡은 건물은 일식 식당으로 깔끔하게 변모해 있었다. 그렇게 해서 앞당겨진 준공검사로 인한 빠른 개업이 과연 엄마에게 도움이 되었는지는 알 수 없지만 좋아하는 그림이나 그리지 하는 아쉬움이 들곤 했다.

이런저런 생각으로 나는 맛도 제대로 느끼지 못한 채 내 몫을 다 먹고는 접시 위로 포크를 내려놓았다. 엄마는 식욕이 없는 탓인지 나보다 먼저 식사를 마쳤다. 말은 없었지만 뭔가를 골똘히 생각하고 있음을 눈치 챈 이유는 머리가 무거운 듯 두 주먹으로 턱을 받쳐 들고 있는 예사롭지 않은 자세 때문이었다. 식탁 한쪽에 아직 물기가 마르지 않은 빨간 딸기 하나를 집으려던 나는 침묵을 견딜 수 없어 입을 열었다.

"엄마!"

엄마는 그때서야 삼각대 같은 두 팔을 풀면서 나를 바라본다.

"1부터 60까지 속으로 세고 나서 땡! 하세요. 시작!"

나는 눈 한번 깜박거리지 않고 손목시계의 가장 가늘고 긴 바늘의 쉼 없는 정진을 지켜보고 있다.

"응, 땡!"

뭔가 참으며 견디고 있는 듯한, 표정 없는 얼굴에 입만 움직이는 걸 바라보자니 마음이 썩 좋지는 않았다.

"엄마! 이제 23초인데 벌써 60을 세셨어요. 다시 1분을 채우고 땡! 하세요. 시작!"

엄마는 착한 여동생이라도 되듯 순순히 따랐다.

"땡!"

잠깐사이, 그러나 이번엔 좀 자신 있게 엄마가 소리쳤다.

"엄마! 36초예요. 좀, 느긋하게 세어보세요. 하나아, 두우울, 세엣, 네엣, 다섯, 여서엇, 이렇게요. 엄마만 빨리 달려가면 뭐해요. 시계보다 먼저 가면 어떡해요. 천천히, 서두르지 마세요. 엄마! 내가 만약 엄마를 소설로 쓴다면 제목을 하얀 소파라고 할 거예요. 그 무엇도 절대 떨어뜨리거나 묻히면 안 되는 하얀 소파! 늘 누가 앉을까 초초하고 불안해하는 하얀 소파!"

"그런 말 하지 마라, 힘들다! 엄마 아빠도 일해야 하고 너도 수업 늦겠다. 당신도 그만 갑시다!"

아빠는 신문으로 자신의 얼굴을 가리기 위함인지, 아니면 엄마의 얼굴을 가리려는 건지, 신문을 세워 활짝 펼친 채로 읽던 걸 반으로, 다시 반으로 접는다. 보통 아침식사는 3분, 신문 읽는 시간은 4, 50분이다. 치아 가는 기계소리가 전쟁터의 기관총소리 같다고 하루빨리 개업을 그만두고 싶은 분이다. 월남전에 치과군의관으로 군복무했던 게 악영향을 준 것이다. 피곤으로 잠시 예민해진 치아를 멀쩡히 크게 구멍 내서 때우고 과대 청구하지 않으면 보험료 받기가 힘든 상황이라고 보험환자도 거부하고, 환자들에게 비싼 치료는 권하지도 못하고, 내 이가 최고니까 쓸 수 있을 때까지 뽑지 않게 잘 관리하세요, 라고 말하는 아빠다. 교회나 진료소에서는 돈 세는 소리가 나서는 안 되는 거라고, 그저 절약을 모토로 사는 분이다.

그래서 엄마의 인생이 고달팠을 것이다. 켈리포니아의 빌보드 프로젝트를 위한 큰 미술대회가 있을 때마다 전체 20명의 수상자 가운데 절반 이상이 엄마의 학원에서 나왔을 정도로 엄마는 열과 성의를 다하는 타입이었다. 엘에이 타임스가 인터뷰를 위해 학원에 왔었고, 할리우드의 주니어 아트센터에서 엄마를 정식 초빙했을 정도로 엄마가 아빠보다 훨씬 더 바빴

다. 그러던 엄마가 아빠 환자였던 사업가 부부의 설득에 은퇴를 목적으로 새 사업에 동참했던 것이다.

아빠는 신문을 접어든 채 화장실로 갔다. 나도 일어나 식탁 위의 접시들을 싱크대로 옮겼다. 엄마의 설거지 솜씨는 정말 빠르고도 깨끗하다.

신발을 신으려고 엄마의 등 뒤에 섰다가 현관에 걸린 목각탈을 오랜만에 다시 본다. 웃는 모양이 유별나서 흉내 내려면 입이 귀에 붙어야 할 것 같은 남녀 한 쌍의 탈이다. 나는 탈이 민망할까봐 살짝 미소를 지어 본다.

단란한 가족을 챙기듯 행여 복이 새어나갈까 현관문을 아래, 위로 잠그고, 비틀어 확인하고 위층 창이 열렸는지도 올려다본 다음 엄마는 뒤로 돌아섰다.

우리는 집 앞에 세워둔 차를 각자 몰고 동네를 떠났다.

오전 수업을 마친 나는 카페테리아에서 샌드위치 하나를 사먹고 나서 도서실로 향했다. 도서실로 들어가고 싶지 않을 정도로 하늘은 청명했다.

어두워진 하늘의 빗줄기를 확인한 건 도서실의 높은 이중 유리창이 갑자기 요란스럽게 흔들릴 때였다. 천둥이 우렁차게 진동하고 곧이어 유리창으로 번개가 번쩍, 번쩍 스며들었다.

캘리포니아, 그것도 엘에이의 4월 하늘이라고는 상상도 못할 날씨였다. 여기서 태어나고 자란 지 27년 만에 처음 경험하는 날씨가 아닐까 싶다. 아침에는 분명 햇살이 쨍하더니, 평범하게 맑기만 하던 한낮에 갑자기 검은 구름이 하늘을 뒤덮으며 우박 같은 소나기가 사납게 내리쳤다.

천둥소리를 외면하고 다시 책 페이지를 찾고 있을 때, 엄마가 문자를 보내 왔다. 나는 도서실 문 밖으로 나가 전화를 걸었다.

"엄마, 무슨 일이세요?"

"너, 지금 올 수 있니? 엄마 변호사가 갑자기 빨리 들어오라는 거야. 미리 팩스로 내역서를 보내고 난 다음에 시간을 약속하곤 했는데 오늘은 갑자기 당장 만나야 한다는 게 좀 이상해. 너 수업 끝나면 같이 가려고 시간을 미루어 놨다. 변호사는 오후 스케줄이 다 비어 있대. 몇 시쯤 가능하니?"

"그런데, 웬 변호사예요?"

"오면 알게 돼. 너 걱정할까봐 말을 못했는데 그럴 일이 있었다."

"지금 도서실이니까 40분 후면 도착할 것 같아요."

"비 오는데 운전 조심해! 비가 엄청 쏟아진다."

불안전한 엄마의 어조가 날씨 탓이면 얼마나 좋으랴, 하면서 가방을 싸들고 비를 맞으며 주차장으로 뛰었다.

　엄마는 내 얼굴을 보자마자 서둘렀다.

　"차에 우산도 준비 안하고 다니니? 내 차로 가자!"

　빗길이긴 했지만 그래도 심하다싶게 벌써 할머니라도 된 듯 천천히, 아주 조심스럽게 운전을 하면서 엄마가 말했다.

　"동업이 문제가 많았어. 우리 집도 넘어가게 생겼다. 너도 사람 조심해!"

　나는 큰일임을 직감했다.

　변호사 사무실에 거의 도착했다면서 엄마는 세라노 에비뉴 쪽으로 서서히 좌회전을 하느라 브레이크 페달을 밟으면서도 계속 말을 이었다.

　"오늘은 상담비용을 받지 않겠대. 정말 이상하잖니. 시간당 500불도 모자라서 남의 은행 일까지도 빌 속에 끼어 넣던 사람들이 웬일인지 좀 많이 이상해서 증인으로 너라도 같이 가야 할 것 같더라. 말을 낚는 그물은 말로 만들어져 있다는 글을 읽은 적이 있어. 1년 동안 법학개론밖에 더 배웠겠니? 오늘은 너 공부하는 날이라고 생각하고 실컷 질문해봐. 뭔가 있을 거야. 인생 정말 만만치 않다! 왜 법대를 가라했는지 그 진의를 알게 될 거다."

아무리 빗속이지만 유달리 느리게 가는 엄마는 어쩌면 차분한 본성 때문이 아니라 가까이 다가가기 싫은 두려움 때문인지도 모르겠다는 생각이 들었다. 운전대를 잡은 엄마 손등의 팽팽한 힘줄과 약간은 성대가 갈라지는 듯한 목소리가 그랬다.

엄마, 힘 빼세요, 라고 말해 주고 싶지만 상황이 아니었다.

무사히 주차를 하고 엄마와 나는 우산 하나로 일직선으로 내리꽂는 듯한 세찬 비를 받치며 빌딩 안으로 들어섰다.

엄마와 나는 준비된 회의실로 안내되었다. 먼저 모델 같이 차려입은 날씬한 변호사 부인이 엄마에게 인사를 하며 들어와 자리에 앉고, 잠시 후 고급스런 양복을 입은 변호사가 한껏 굳은 얼굴로 들어와 자리에 앉았다. 이런 것도 배워야 하는 일 중 하나인가 싶었다. 부부라도 중요한 사람은 나중에 들어오는 것 말이다. 언젠가 엄마가 가르쳐준 삼강오륜이 왜 이 순간에 생각나는 건지. 퓨전이 된 삼강오륜. 이런 엉뚱한 생각이 들게 하는 이 두 사람의 캐릭터가 궁금해졌다.

"안녕하세요? 아드님이신가요?"

변호사가 우리를 번갈아보며 말했다.

"네! 너, 인사드려!"

나는 변호사 부부를 향해 고개로만 인사를 했다. 인사가 끝나자마자 잠자코 있던 엄마가 변호사를 향해 다짜고짜 심상치 않은 어조로 말했다.

"몇 달 만에 갑자기 꼭, 오늘 들어오라고 전화하신 이유가 뭔가요?"

"다음주 금요일이 재판입니다. 그 동안 연락도 없으시고 해서 변호사를 바꾸시려나, 생각하고 있었는데 재판 날짜가 잡혔습니다."

"무슨 말씀이세요? 지난 12월에 왔을 때 은행 지점장을 증언신청하겠다고 하시지 않았어요? 제가 그랬죠. 꼭 참관하겠으니 연락 달라고 했는데, 무슨 일을 이렇게 하세요. 갑자기 다음주면, 저에게 무슨 말씀을 하시려구요?"

"저는 못 갑니다. 가셔서 변호사를 바꾸겠다고 하시고 두 달 정도 시간을 달라고 하세요."

"이 일을 1년 이상 끌어온 분이 이제 와서, 그것도 일주일 남겨두고 통보하는 이유가 뭐죠?"

"돈이요!"

노련한 변호사의 능청스런 입놀림이었다.

갑자기 놀란 토끼눈이 된 엄마가 변호사를 똑바로 바라보며 말했다.

"네? 아니, 작년 한 해 동안 제가 지불한 액수가 1만2천5백

불쑥 분기별로 4번이면 5만여 불 아닌가요. 이제나 저제나 하면서 지점장 증언신문을 기다리고 있었는데, 돈 때문에 1주일 남겨놓은 재판에 못 나간다는 게 이유가 됩니까. 다른 이유가 있으세요?"

"아니요. 온리 머니요! 제 정식 수임료가 얼마인지 아십니까? 소개하신 이 회장님 때문에 사모님께는 10%나 절감해 드린 겁니다."

엄마는 가져온 파일을 펴고는 변호사에게 지불했던 내역서와 백지수표를 내려다보았다. 변호사 쪽을 향해 내역서를 약간 밀어내며 고개를 세운 엄마가 말했다.

"적지 않게 청구하셨어요. 다음주에 못 가신다면 더는 이 일을 안 하시겠다는 건데 저도 더 길게 같이 가고 싶지는 않습니다. 제가 알아야 할 일은 뭐가 있나요."

의외라고 생각한 듯 변호사 부부, 둘의 표정이 바뀌는 그림자가 느껴졌다.

"여기 서류를 보시고 시간 안에 가셔서 대기하셨다가 판사가 부르면 변호사를 바꾸겠다고 하시면 됩니다. 지난 번 로버트 브스만 변호사를 바꾸실 때처럼 하시면 됩니다."

"그때는 상대가 은행이 아니고 동업자였어요. 중재하는 판사가 사기당한 종업원용 집 건에 대해서 청구하라 했는데 동업자가 한 푼도 없다고 한 것 아시잖아요. 유태인이라는 변호사 하는 말이 법정에 저렇게 청바지나 입고 오는 사람은 돈이 없는 거라고, 포기하자니까, 바꿀 수밖에 없었지요. 서류 다 읽어 보셨으면 아실 텐데 그 건과 은행 건을 같이 보시면 되겠어요? 더구나 미지은행 이 회장님이 소개하시길 은행 건을 잘하신다고 해서 믿고 맡긴 일 아닌가요. 이제 제가 앞으로 어떻게 하는 게 바람직하다고 생각하시는지 말씀해주세요."

"남편분과 이혼을 하세요. 변호사가 이런 말을 하면 안 되는 거지만 그 방법이 최곱니다. 이혼하시고 남편분 앞으로 재산을 다 돌리세요. 같이 사는 건 상관 없습니다. 부인 실수로 손해를 봐서 이혼과 동시에 재산을 포기한다고 서류를 만들면 되는 거고, 부인은 나가 살 능력이 될 때까지만 한 집에 사는 거라고 하면 됩니다."

변호사는 큰 팁이라도 주는 것처럼 생색을 냈다.

"그런 이야기를 왜 1년 전에는 안하셨나요?"

"그때 이혼하시는 거나 지금 하는 거나 다를 게 없으니까요. 돈 안들이고 가장 쉽게 해결하는 방법은 라스베이거스에서 이혼하는 겁니다. 거기는 한 달이면 되는 걸로 알고 있어요. 여기 엘에이는 6개월 정도 걸립니다."

변호사를 바라보는 엄마의 눈초리가 편안치 않았다. 마치

내가 잘못을 저질러서 추궁할 때 바라보는 쓰디쓴 눈초리였다.

"그럼, 은행을 이길 승산이 없다는 말인가요. 제가 처음에 서류가방을 들고 왔을 때 하던 말씀 생각나세요? 남들은 서류가 부족해서 문제인데 저는 자료가 충분하다고 하셨지요?"

"사모님께서 이길 수는 있습니다. 그러나 그러려면 비용도 아직 더 많이 들어가야 하고, 은행이 생각보다 쉽게 저희가 요구하는 서류들을 내놓지 않아요. 은행 감독국(FDIC)에서 찾아준, 사모님의 서류를 융자담당직원이 왕씨와 같은 날로 한 달이나 앞당겨 고쳐 쓴 필체라든가, 동업지분이 1/3씩인데 사모님 것에만 34%로 한 것 등은 의도적이라고 봐야하는 건 틀림없지요. 거기다 지점장이 다른 은행으로 옮겨가서도 왕씨에게 부당하게 많은 개인융자를 해 준 것은 정말 좋은 자료이긴 합니다. 은행에 이런 서류를 다 보냈지만 은행 내부에서는 직원의 비리를 보호하지 않으면 안 되기에 최대한 보호막을 치는 거죠. 그래서 지점장을 증인진술에 부르려고 했는데 무산된 겁니다. 더구나 동업자 두 사람이 국세청 세금보고를 고의로 과대 신고한 것을 인정하고 보상하겠다고 자필 서명들을 한 것은 중요하지요. 두 사람은 세금보고서를 이용해서 각자의 집에서 최대한 융자금을 빼내고 부동산을 모조리 버리지 않았

습니까. 두 사람은 모든 준비를 다하고 있었다고 봐야죠. 사모
님이 더 이상 은행에서 요구한 추가 담보를 내놓지 않자 동업
자 홍씨가 1시간이 넘는 거리에 사는 사모님께 식재료들을 사
오게 한 것 등, 더구나 지분을 포기하라고 했을 때 사모님이
손들지 않으니까 피터지게 싸워봅시다, 한 것을 증언서류에
공증한 것을 가지고 재판까지만 가면 충분히 이기실 수 있습
니다. 그러나 그 많은 비용을 더 내시겠습니까?"

"아니요! 그렇게 꼭 이길 거라면 후불제 변호사를 찾아야 하
지 않겠어요?"

"예, 찾아 보세요. 두 달만 연기하시고 그 동안 찾아보세요."

"이번 일을 도와주시면서 더 하고 싶은 말씀은요?"

"1차로 300만 불에 오퍼가 들어왔는데도 두 사람 중 한 사
람도 서명을 하지 않았을 때 찾아오셨더라면 사모님께서 이런
피해는 보지 않았을 텐데 아쉽습니다. 더구나 같은 건설회사
에서 3백50, 3백80만 불까지 재차 오퍼가 들어왔는데도 서명
하지 않고 팔지 않은 건 두 사람 모두 사모님을 여러 각도에서
끝까지 괴롭혀서 지분을 포기하도록 하려한 게 아닌가 싶습니
다. 40만 불이라는 투자 금액도 적지 않고, 더구나 남편 분께
서 수입이 있으니 은행 월부금을 내실 거라고 끝까지 이용하
려했던 것 같습니다. 더구나 왕씨의 변호사 경우는, 20여 년

전 한진규 씨가 사기당한 건부터 몇 년에 한 번씩 사기를 칠 때마다 오랜동안 봐주고 있다면 변호사협회에 신고를 하시는 게 좋을 것 같습니다."

"왜, 직접 안하세요?"

"저희 로펌에서는 변호사는 신고하지 않는 것이 약정되어 있습니다."

분위기를 바꾸려는 의도인지 변호사 부인이 끼어들었다.

"왕씨는 아직도 변호사가 있는 걸 보면 돈은 있다고 봐야지요. 그러나 보이는 부동산도 재산도 없으니 굳이 받으려면 사설탐정을 써야 하는데 그것도 비용이 많이 들고요. 나쁜 사람들인 게 확실한 건 정관에 과반수 이상의 합의라는 걸 이용해서 최근에 식당 이름을 홍씨 부인의 명의로 바꾸었어요. 재판 중에 그럴 수 있다는 건 대단한 꾼들이거든요. 경매된 회사와의 건물계약도 홍씨 부인 이름이었구요. 알려드릴까 하다가 은행 일이 급한 거니까……."

변호사 부인이 말끝을 늘리는 사이 엄마가 말했다.

"동업 시작하고 얼마 안 돼서 그 홍씨 부인이 제게 그러더군요. 자기들은 왕씨 부부를 알게 된 게 불과 몇 년째지만, 사귄지 15년이나 되었다면서 그렇게 사람 볼 줄을 모르냐고. 그러던 여자가 이제는 왕사장 부부의 하수인이 되었군요. 여전히 맞는 말이긴 해요. 저의 가장 큰 단점은 사람을 볼 줄 모른다는 거예요. 능력을 알아보는 능력이 가장 중요한 거라고 듣고도 저는 아직 멀었나 봅니다."

그 말을 듣는 순간, 엄마 스스로의 자책감이거나, 아니면 앞에 앉은 두 사람을 비웃고 있거나, 아니면 앞뒤 다 합해서 전전긍긍하고 있다는 것을 나는 눈치로 알 수 있었다.

잠시 머뭇거리던 엄마가 단호한 눈빛으로 건너편의 부부를 번갈아보았다. 그리고는 눈가의 힘을 거두고 가져온 수표책과 지난 내역서들을 파일속에 챙겨 넣었다. 엄마가 자리에서 일어서자 변호사 부인이 말했다.

"다음주에 결과를 알려주시면 고맙겠습니다."

"케이스넘버만 있으면 다 아실 수 있으실 텐데⋯⋯."

"저희가 바빠서 일일이 다 체크할 수는 없으니까요."

"아무튼, 그동안 애 많이 쓰셨습니다."

엄마는 대답을 묵인한 채 간단히 형식적인 인사만하고 돌아섰다.

다시 주차장으로 나왔을 때는 천둥과 소낙비가 사라지고 숨었던 태양이 천연덕스럽게 붉게 떠올라 있었다.

사무실로 돌아온 엄마는 일주일 남은, 다급한 상황 때문인지 모든 인맥을 동원하듯 여기저기에 몇 통의 전화를 했다.

나는 집안에 홍수처럼 스며든 엄청난 재난을 하나씩 파악하기 시작했다.

퇴근 무렵 가주 어머니회 회장을 맡고 있는 티나리 아줌마가 찾아왔다. 혼자가 아니고 중년의 남자 한 분을 동행했다. 통성명을 하는 순간 현직 수사관이라는 것을 알게 된 엄마는 천군만마를 얻었다는 듯 얼굴의 긴장이 조금은 풀어지는 것 같았다.

엄마는 서류상자(뚜껑에 손잡이까지 달린 탁상용 작은 냉장고 정도의 투명한 플라스틱 상자)를 펼쳐놓고는 첫 번째 파일부터 열었다. 상대가 형사라는 직업 때문인지, 엄마는 사실만 말해야 한다는 것을 충분히 이해한다는 듯 감정을 최대한 억제한 채 증빙서류와 함께 차분히 설명을 이어갔다.

인내심을 가지고 거의 모든 파일의 설명을 듣던 형사라는 아저씨가 드디어 입을 열었다.

"일찍 만났더라면 도움을 드렸을 텐데 제가 한 달 후면 30년 근무로 정년퇴직을 합니다. 말씀하시는 것을 토대로 서류를 검토한 결과는 우선 변호사들이 나쁜놈들입니다. 이 케이스는 형사 케이스지 민사가 아닙니다. 안타깝게도 시일을 놓쳤어요. 변호사들이 주무르는 동안 시효인 4년이 지나버린 겁니다. 사업도중 종업원용으로 샀다는 집만 보더라도 5만 불씩

세 사람 투자면 15만 불인데 10만3천 불만 다운했지 않습니까. 말하자면 본인은 한푼 투자 안하고 산겁니다. 자신의 수표는 형식을 갖춘 뒤 복사해두고 현찰화한 거죠. 말씀하신 대로 처음에 소개받은 홍씨가 스시맨이 아니었던 걸 스시맨으로 속이고, 이거 다 사기죠. 참 안타깝습니다. 처음에 어떻게 알았습니까?"

"남편 환자였어요. 그러다가 10여 년 전 우리 동네 가까이 이사를 오면서 더 자주 보게 되었지요. 제가 바쁘니까 늘 식사도 사가지고 오고 참 잘 했어요. 그런 믿음이 억울하지요. 더구나, 이 은행 지점장은 저에게 그림을 배우다가 왕씨 부부와 자연스럽게 인사하게 된 뒤로 두 사람이 가까워지더니 왕씨에게 이렇게 많은 융자를 줬네요. 여기 그 은행과 관련된 왕씨 부부의 부동산은 이미 2년 전에 다 버렸는데 모르고 있다가 저희 집만 당하는 거예요. 은행에서 추가담보를 내놓으라고 보내왔던 서릅니다. 왕씨는 82만 불짜리 자신이 살던 집을 3차까지 1백8십5만 불이나 융자했는데, 그 당시 은행은 왕씨에게서는 그 집을, 그리고 홍씨는 그나마 없으니까 왕씨의 집에 업고가기로 하고, 저에게는 현찰이나 마찬가지인 이 땅을 달라는 거였어요. 제 성격상 은행 빚을 쓰지 않아서 집도 15년만에 다 갚았다가 동업 건 때문에 다시 융자를 썼던 건데 집

덩치에 비하면 4분의 1밖에 융자가 없는 집이 넘어가게 생겼습니다. 듣다 보시면 아이디어가 생기실 것 같아서 자꾸 주절거립니다. 이해하세요."

"너무 걱정 마십시오. 제가 판사라도 한분에게만 78만 불이라는 무리한 판결은 안 할 것 같습니다. 변호사는 더 이상 찾지 마세요. 저도 도울 일이 있을지 알아보겠습니다."

엄마가 저녁식사를 권하자 다음으로 하자며 두 분은 자리에서 일어섰다. 아줌마가 엄마를 위로하느라 이렇게 말했다.

"내가 타이틀회사에 왕씨 집 주소를 주고 조사했을 때 알아봤어. 재주도 좋지. 산 것보다 두 배 이상을 융자하는 게 보통 재주야. 어떻게 해서든 도와주실 거니까 너무 걱정하지 마!"

아줌마와 아저씨가 나가자 엄마는 그래도 손을 놓고 있을 수는 없다는 듯 명함첩을 뒤적거렸다.

조금 전에 다녀간 아저씨가 한 말을 그 사이 잊은 건지, 아니면 청개구리라도 된 듯, 부동산을 하는 여자 환자분에게 전화를 걸었다. 그분의 남편이 변호사였기 때문이다.

내일 아침 10시에 찾아오라며 약도를 알려주는지 엄마는 열심히 받아 적고 있었다. 통화가 끝나자 당연한 듯 엄마는 나를 보며 말했다.

"내일 아침에 같이 가보자."

마침 토요일에다 날씨가 화창해서 먼 길을 가기에 큰 불편이 없었다. 지쳐버린 엄마를 대신해 내가 운전을 했다.

옥스나드의 바닷가 주택가들 사이 상업용 건물 주소지에는 변호사 이름과 부동산회사 이름이 나란히 붙어 있었다. 건물 안으로 들어서자 대기실 하나에 두 개의 사무실이 있는 아담한 공간이었다. 나는 대기실에 앉아 장식장 속의 표창장들을 눈요기하고 있었다. 2009년 최고의 세일즈상 등 해마다 받은 상패와 트로피들이 가득했다. 부동산 브로커인 아줌마가 변호사인 아저씨보다 훨씬 잘 벌 것 같다고 내가 엄마에게 귀띔했다. 10여 분 남짓 기다리고 있는데 변호사인 아저씨가 대기실로 나왔다. 아줌마는 약속이 있어 골프장에 갔다고 했다.

어차피 엄마가 필요한 사람은 변호사니까 굳이 서운할 일은 아니었다.

사무실로 안내 되어 의자에 앉자마자 엄마는 힘들게 들고 온 서류가방을 열었다. 그리고는 어제 수사관 아저씨에게 한 것처럼 다시 설명을 시작했다.

그동안의 상황을 알아차린 아저씨가 말했다.

"변호사를 찾는 동안 두 분이 이혼을 신청해놓고 그 사이 부동산들을 빨리 다 정리해서 그 돈을 라스베가스에서 도박으로 잃었다고 하시든지, 아니면 지인에게 빚이 있던 걸 갚았다고 서울로 송금하는 방법이 좋을 것 같습니다."

"이 케이스는 그 길밖에 없나요. 제가 여기까지 온 건 이 일을 맡아주시면 해서요."

"물론 이길 수는 있어요. 은행에서 무리하게 식당에 해마다 운영자금을 10만 불씩이나 융자해줬다는 것은 부풀린 세금보고를 인정하는 거거든요. 여기 사업정관처럼 세 사람의 동업자 중 과반수가 넘으면 한 사람은 따라갈 수밖에 없는 상황에서 사모님만 단독으로 저지할 수 있는 거라고는 하나도 없었다는 것과, 식당건물을 포함한 3에이커나 되는 상업용 부지를, 공시지가의 반 정도인 95만 불이라는 헐값에 경매처분 했다는 것과 중간에 한 사람에게만 부당한 추가 담보를 요구한 것, 이제 와서 그 차액을 한 사람에게 연체료 18%나 붙인 78만 불을 떠넘기고, 이런 케이스는 배심원 재판만하면 이기는 거죠. 저 역시 오래전에 절대 승산 불가능한 은행케이스가 있었는데 이겼습니다. 제 친구와 둘이 했던 거니까 한번 의논해보고 그 친구가 맡겠다면 하겠습니다. 일단은 금요일에 재판에 가서서 연기를 요청하시고 알려주세요."

"꼭, 도와주시면 감사하겠습니다."

"다음주 재판이 연기되면 알려주십시오. 그동안 저도 알아보겠습니다."

변기

171

나는 왔던 길을 되돌아오면서 이런 일이 아니었더라면 멋있는 주말이었을 거라고 생각했다. 바닷가의 공기를 차창으로 느끼며 휘어지고 내리막이고, 다시 평지로 그리고 이어 오르막인 스릴 있고 순탄한 도로 위에 근심을 뿌리며 속력을 조절해 차를 조심히 몰았다.

사무실에 도착한 엄마는 입은 그대로 소파에 누웠다.

그리고 오후 늦게, 엄마는 오늘 만난 변호사의 부인으로부터 전화를 받았다.

차압이 들어온 집 주소와 땅 주소를 부탁했다. 요즈음 물건이 없어서 못 팔 정도로 바쁘다면서 서둘러 팔아주겠다고 약속했다. 다급한 엄마 심정을 십분 이해하는 듯한 말투였다.

하루 종일 매미처럼 엄마 옆에 붙어다니던 나는, 삶이란 게 뭔지 알 것 같았다. 막다른 골목에 몰린 우리를 도와줄 사람은 과연 있는 것인지.

엄마도 감이 같은지 씁쓸하고 기운 빠진 얼굴로 나를 보며 말했다.

"하는 수 없다! 20일에 오전 강의를 못 듣더라도 엄마하고 법원에 같이 가줘야겠다. 아빠는 혈압이 높아서 안 돼. 너는 그냥 옆에만 있으면 돼. 다 공부야!"

엄마는 엉뚱한 일로 인심을 쓰듯, 큰 배려인 듯 나를 붙들었다.

내가 엄마에게 도움이 될 일이 아직 없다는 게 안타까울 뿐
이었다.

다음날 변호인이 없는 엄마는 한없이 무거운 서류상자를 집
까지 들고 와서는 8인용 식탁에 펼쳐놓고 다시 분류하기 시작
했다. 준비한 백지에는 1번부터 번호를 정하고 1번 파일에는
어떤 서류들이 있는지를 요약해서 한눈에 들어오도록 최대한
간단 간단하게 글자 수까지 줄여가며 정리했다. 다음날도, 그
다음날도 같은 작업은 계속되었다. 엄마가 동업을 시작하던
무렵 식당 내부에서 주차장까지 준공검사를 받던 철두철미한
준비과정처럼, 다시 그 뒷정리를 위해 애쓰는 것이 안타까울
지경이었다. 7년 전 그 넓은 땅을 사서 식당을 하기로 했을 때
잘 되기만 하면 넓은 땅에 증축해서 사업을 확장할 거라는, 노
후가 보장된다는 생각에 기꺼이 즐거운 마음으로 콘크리트를
버무려가며 삽질을 했을 것이다. 개업을 하고 사람이 모자라
는 시간에는 웨이트리스 일도 마다하지 않던 엄마다. 그러나
지금은 동업한 사람들의 협잡으로 23년 살아온 우리 집이 넘
어가느냐, 마느냐하는 긴급한 상황에 매달려 있다.

너무 많은 증거물들을 한순간에 적절한 답변을 할 수 있도
록 요긴한 것부터 순서를 붙인 엄마는 드디어 본인의 한도가

끝났는지 며칠 후, 나를 불렀다.

"벌써 내일로 다가왔구나. 1번 파일부터 이 노트하고 잘 맞춰봐. 실전이다! 그리고 오늘은 컴퓨터 끄고 일찍 자. 아침 7시에는 나가야 하니까. 서류상자는 현관에 두어라. 잃어버리고 가면 큰일난다. 그럼 엄마 먼저 올라간다!"

돌아서는 엄마의 뒷모습이 몹시 추워 보인다. 며칠 사이 훌쩍 더 늙어버렸다.

1번, 2번, 3번 모두 왕씨와 관련된 부풀린 세금조작 등, 개인융자 내역과 다운타운 사업 당시 몇 차례 회사명을 바꾸어가며 피해를 입힌 사람들의 명단과 액수, 연락처 등이다. 4번째는 동업자 홍씨가 월세로 주고 있는 콘도에 감정가 이상의 액수를 2년 전 또 한 차례 융자한 증빙서류다. 5번째, 은행 감독국에서 찾아준 은행직원의 조작된 증거서류다. 6번째는 증인의 공증서류가 간략하게 한 장이다. 은행에서 엄마에게 요구한 상업용지의 땅을 추가담보로 내놓으라고 왕씨 부부와, 홍씨 부부가 엄마를 찾아왔을 때, 아빠가 그들을 대신 대적하는 사이 왕씨 부인이 엄마를 찾겠다고 아빠의 진료실과 엑스레이실, 암실, 기공실, 화장실까지 방방을 모두 뒤지던 날, 경찰을 부르지 않은 것을 후회한다는 간호사인 경숙 누나와 기공사인 신씨 아저씨의 진술서다. 엄마는 대지진이 난 것도 아닌데 책상 밑에 깊숙이 숨어 있었단 말인가. 검은 산을 넘고 있던 엄마가 그려지면서 왕씨 부부의 가면 쓴 얼굴이 크게 다가왔다.

사람은 어떤 짐승일까. 얼마 전부터 법학공부에 회의가 느껴졌었다.

남의 인생에 끼어들어 평생을 싸움터에서 살아야 한다는 게 끔찍하게 느껴지던 어느 날, 엄마에게 법대가 나하고는 안 맞는다고 했을 때 엄마가 했던 말이 떠오른다.

"돈 벌라고 그러는 것 아니다. 시 검사나 하면서 정말 어려운 사람, 억울한 사람이 얼마나 많으니, 장발장처럼 가여운 사람들 도와주면 좋잖아. 기억나지 얼마 전에 한인은행 금고사건! 직접 제조한 폭탄을 케이크상자에 숨기고 지점장실에 들어가서 직원들과 고객은 모두 내보내고 난동을 부린 사건 말이야! 대여금고에 현찰 24만 달러를 넣어 두었다가 감쪽같이 사라졌다고 억울해하던 사람. 평생 모은 돈이라는데, 오죽 억울했으면 죽을 각오로 그랬겠니. 경찰이 쏜 총 맞고 쓰러졌으니 몸인들 성하겠어. 거기다 무기징역을 살 텐데. 돈이 전부 없어졌다고 신고를 했는데도 그 당시 카메라도 확인 안하고 사건을 질질 끈 게 1년이 넘었단다. 심증은 있는데 물증을 못 잡으니 얼마나 억울했겠어. 딸 하나 있는데 이제 중학생이래.

그 아빠가 아이 인생까지 건다는 걸 생각 안했겠어. 그런 사람을 도와야지. 그 이야긴 그만하고, 살면서 절대 은행 돈 쓰지 마라! 해 뜨면 양산 빌려주고 비오면 뺏어가는 게 은행이야. 은행사람을 보통사람으로 보면 큰일 난다. 절대 은행 빚지고 뭐 할 생각마라!"

이런 일이 있어서 엄마가 그런 말을 했던 거라고, 나는 이제야 연결고리를 잡는 기분이다. 그러고 보니까 지난해 이맘때의 일이 생각났다. 새벽 3시쯤에 엄마가 머리가 터질 것 같다고 소리를 질러 방에 갔더니 그때 갑자기 하얀 시트에 붉은 코피를 무섭도록 쏟고 있었다. 응급차를 불렀었다. 천만다행, 코피가 터지지 않았더라면 중풍으로 거동도 못했을 거라고 했다. 내가 알기로 평생을 저혈압으로 살던 엄마가 지혈이 되고 나서야 확인한 혈압이 170/100정도였던 것으로 기억한다. 엄마는 그날부터 아빠의 혈압약을 같이 복용하고 있다. 은행, 법원 등으로부터 등기편지가 연달아 오던 그때가 이 사건의 시작이었나 보다. 붉은 피를 입으로도 뱉어내던 그날을 기억하자니 가슴이 먹먹하다.

법대 1학년 세 학기 동안 배운 게 뭔가 하고, 이번 일에 내가 무슨 도움이 될 수는 있을까하고 백 가지 생각이, 만감이 나를 휘젓는 밤이다.

7번째는 미스터 갈이라는 부동산 브로커의 진술서다. 왕사장의 동의로 부동산을 매물로 내놓았다가 3차례에 걸쳐 건설업체에서 오퍼가 들어왔으나 3차례 모두 엄마 한 사람만 서명했다는 서류다. 30채의 타운하우스를 지으려는 건설회사였다. 시청허가를 받는 2년간은 월세 없이 식당을 운영하라는 조건이었다. 자세한 설명과 그 당시 팔지 않아, 얼마 후 은행에 압류되었다는 공증된 증언서류다.

다음 파일은 식당 매상이 급격히 떨어지고 동업자 두 사람 모두 은행 월 납부금을 낼 수 없다고 해서 엄마가 한달치 11,500불을 수표로 써 주고 받은 각서다. 다음달은 왕씨가, 그 다음 달은 홍씨가 하기로 한다는, 증인 서명은 홍씨 부인 것이었다. 이날 아빠가 파산신청을 하자고 했으나 홍씨 부인이 서울 재산까지 팔아다 투자한 시어머니도 망하고 자신들은 길거리로 나앉는 거지가 된다고 울며 사정해서 한 번의 고비를 넘겼으나, 역시 그날을 깊이 후회한다는 엄마의 기록이다. 그 후 의심이 든 엄마가 두 사람이 은행에 지불한 수표 복사본을 요구했지만 3년이 넘는 현재까지 답변이 없다고 덧붙여 있다. 또 다음은 식당을 맡아하는 홍씨가 팩스로 보낸 자필 내역서가 몇 십 장이다. 튀김용 고구마와 아보가도 한 상자씩은 히스패닉 시장에서, 테리야끼감 소고기는 한국타운 마켓에서, 양

념소스, 투고용기, 닭가슴살, 브로클리, 양파, 오이, 할라뻬뇨, 양배추, 감자, 일회용 장갑, 오렌지 등은 다운타운 미국식품 도매점에서라고 구분되어 매주 조금씩 다른 품목과 수량을 보내온 홍씨의 필체들이다. 이것을 첨부하는 이유는 엄마가 담보를 더 이상 내놓지 않는 시기부터 부당하게 시장 심부름을 시켜 매주 배달한 영수증도 첨부되어 있다. 생선, 술, 소다 종류의 음료수 등은 배달해주는 업체가 있다고 되어 있다. 장을 봐오지 않으려면 월 손해배상 1천 달러씩을 더 지불하고 식당의 주방 음식도 대신하라는 왕사장의 지시가 있었다는 홍씨 부인의 말을 근거로 한다는 직원의 증언서류가 첨부되어 있다.

아들인 내가 모르고 지내는 동안, 엄마는 사는 방식이 전혀 다른 사람들을 만나 너무 많은 수모와 생고생을 한 증거들이다.

이밖에도 왕씨 부인의 조카가 융자은행에 4년 전 취직된 날짜와 최근에는 커피숍에서 웨이터를 하고 있다는 내용, 그리고 학력 등이 기록되어 있다.

22번까지 빼곡히 간직한 자료는 내가 보기에도 안타까울 정도로 치열하게 찾아낸, 전문가를 무색케 하는 시간과 노력으로 가득한 투명상자다. 이토록 지키려하는 이 집과 땅의 정체가 뭐길래 이토록 피를 말려야 한단 말인가.

엄마는 집 여기저기에 정성어린 손때를 너무 많이 묻혀 놓았다. 내가 고등학생 시절에는 학부모회에서 우리 집을 선정해 모금 파티를 한 적이 있다. 그때 방명록은 기념으로 내가 가지고 있다. 큰 그림들에다 조각들까지 있어 작은 박물관에 온 것 같다는 등, 방문자들의 인사말이 잔뜩 적혀 있다. 엄마는 학부형회에 집을 빌려주었고 그날 입장료로 10불씩 모금된 금액은 학교에 기부되었던 기억이 난다. 집의 운명이 곧 결정난다 싶으니까 어깨가 아래로 쳐져드는 것 같다.

엄마의 지시대로 모든 서류를 검열한 나는 커다랗고 투명한 플라스틱상자의 뚜껑을 꼭 닫고는 현관으로 옮겨놓는다. 침실로 가야 할 걸음이 뒤뜰로 향했다.

일주일 전의 사나운 비 때문인지 별들이 선명하다. 맑은 공기에 새삼 고마움을 느끼며 긴 호흡을 들이킨다. 어디선가 라일락, 장미, 재스민을 섞은 은은한 꽃향기가 콧속 깊숙이 스민다. 어린 시절 놀던 포도넝쿨이 있는 패리오 쪽으로 걷는다. 이 그늘을 얼마나 즐겼던가. 이 집으로 이사왔을 때 엄마가 처음 사준 빨간 꼬마자전거가 타이어가 터진 채로 담벼락에 기대어 있다. 어려서 닭을 기르고, 토끼와 새까지 번갈아가며 길렀던 토끼장도 빈 채로 있다. 철망 안을 가까이 들여다 보니

밥그릇과 물그릇이 녹이 슨 채 먼지가 잔뜩 쌓여 있다. 밤이면 산에서 내려오는 짐승들 때문에 간이 졸아들어 죽었던 토끼가 새삼 가엾다. 아니, 어쩌면 기르던 진돗개 때문인지도 모르겠다. 초등학교 때 같이 놀던 그 백구에게 물려 12바늘이나 꿰맨 흉터가 내 다리 여기저기에 남아 있다. 짐승은 피를 좋아하고, 사람은 뭐지…. 사람은 원하는 게 너무 많다.

바비큐를 굽는 빨간 블록도 엄마가 만든 작품이다. 여름이면 이곳 그늘 아래서 바비큐 파티를 두세 번 이상은 했었다. 이사 와서 심어놓은 과일 나무들은 이미 오래전 내 키를 훌쩍 넘어섰다. 최근 몇 년 동안 가을이면 일부러 대추를 따러 오는 엄마 친구들도 있었다. 집 창틀 앞에는 십여 그루의 소철들이 새끼를 쳐 가면서 높이 자라 아래층 창들을 거의 가렸다. 연못 옆으로 세워져 있는 아취를 타고 장미넝쿨이 많이 자랐다. 한밤중인데도 빨간 빛깔과 향기가 풍성하고 강열하다. 아취의 중간 허리쯤이 휘어져 있다. 장미넝쿨이 힘껏 뻗쳐 가니까 오래된 나무기둥이 버거웠던 거다. 짬을 내서라도 보조기둥을 달아야겠다. 엄마가 발견하기 전에.

새집으로 이사 와서 20년이 훨씬 넘는 세월을 잘 가꾸며 살아왔다.

몇 년 전만해도, 헤밍웨이의 파리는 날마다 축제가 아니라,

왕씨 아저씨 부부는 엘에이는 날마다 축제라는 듯 학생들 미술학원이 끝나기 전에 찾아와 대기하고 기다리다가 저녁을 함께 먹으며 즐거운 시간을 보내곤 했었다. 그 축제의 뒷모습이 이런 거였다. 불길한 생각은 하고 싶지 않지만 재판이 불리하게 되면 이 집은 더 이상 우리 집이 아니라는, 닥친 현실이 도저히 믿기지 않는다. 담을 타넘고 들어와 들여다볼 수도 없게 된다는 사실이.

"너희 엄마는 똥만 빼고는 버릴 게 없다."

내 귀가 닳도록 왕씨 아줌마가 자주하던 말이다.

그런 사람이 엄마의 뒤통수에서 음모를 꾸민 건 아빠가 이빨을 너무 튼튼하게 치료해 준 게 문제다. 독수리의 강력한 이빨은 뭘 하고 있나. 먹을 게 흔하니까 독수리도 게을러졌나보다. 악인의 살 냄새는 독수리가 먼저 안다는데. 아줌마, 아저씨라고 부르며 따랐던 어린 시절의 내 마음이 이러니, 엄마 마음은 오죽할까.

"너만 보면 세상 근심이 사라진다."

풍을 맞았던 왕씨의 삐뚤어진 입술도 생각난다. 아, 늑대 부부! 기원전부터 전해지는 늑대 이야기를 기억하건데, 늑대 무리가 양떼에게 사절을 보내 서로 평화롭게 살기를 원한다는 뜻을 이렇게 전했다.

"우리가 이렇게 싸워야하는 건 저 못된 개들이 원인이야. 저 개들이 늘 우릴 보고 짖어대고 우릴 자극하니까, 개들을 멀리 보내. 그럼 우리는 영원히 우정을 쌓으며 평화롭게 살 수 있을 거야."

어리석은 양들은 그 말을 믿고 개들을 멀리 보냈다. 그런 다음, 강력한 보호자가 사라진 양떼는 잔인한 적인 늑대들의 밥이 되고 말았다는 우화가 괜히 만들어진 게 아님을 한 번 더 확인하는 쓸쓸한 밤이다. 늑대의 밥이 된 양떼들의 최근 명단에는 엄마의 이름도 있다!

내가 왜 벌써부터 회한에 젖어 슬픈 쪽으로 마무리를 하고 있는 건지, 고개를 저어 본다.

사람 때문에 평생 동안의 가장 귀한 추억이 담겨 있는 이집에서 쫓겨나야 한다는 두려움에 몸이 부르르 떨려온다.

바지주머니에서 핸드폰 벨이 울린다. 엄마다.

"너, 어디 있니?"

"뒤뜰에……."

나는 목이 메었다.

"빨리 자랬잖아, 얼른 들어와!"

엄마도 못자면서…. 나는 목이 메어 말을 잇지 못하고 전화를 끊었다. 봄기운에 잎이 무성해진 과일 나무들을 좀 더 바라본다.

방으로 들어서자 내 책상의자에 엄마가 앉아 있었다. 엄마는 안심한 듯 나가버린다.

"잘 자."

"주무세요."

엄마가 방문을 살짝 닫고 나갔지만 사방에서 들려오는 잡다한 소리가 다 들린다. 큰 도로 옆도 아닌데 예전보다 뭐든지 선명하게 들려온다. 늦은 밤에 자동차 지나가는 소리, 어느 집 차고에 자동차 세워지는 소리, 시곗바늘 소리, 뒤뜰에 숨어든 고양이 울음소리, 이제 갓 깨어난 것처럼 연약하게 들리는 작은 새소리, 우주의 움직임까지도 느껴지는 것 같은 밤이다. 침대 위에 기대어 있던 나는 맞은편의 벽화를 본다.

이 집에 새로 이사 오고 한 달도 채 안 된 어느 저녁에 엄마가 물었다.

"이 하얀 벽면에 뭘 그려 줄까?"

"동물원!"

유치원생이었던 나는 생각할 겨를 없이 그렇게 대답했고, 그 즉시 엄마는 내 방에 있던 어린이용, 즉, 색상이 열 가지밖에 안 되는 수채화 물감으로 스케치도 없이, 별다른 밑그림도 없이, 처음부터 색을 넣어 쓱쓱, 한 마리씩 그리기 시작했다.

내 수준보다는 완벽하고 엄마 실력에 비해선 재미있게 표현되어 있었다. 돼지가 소만큼 크거나 주먹만해야 할 노란 새가 말 정도의 크기이고, 코끼리에 비해 타조가 압도적으로 크고, 순한 사슴은 고개를 돌려 언제나 나를 지켜보는 것처럼 눈빛이 정면을 향해 있고, 나무색들은 단순한 녹색으로 아이들 그림처럼 그려진 벽화가 그날 밤 두세 시간 사이 완성된 것이다. 특히 다람쥐는 뒤뜰에서 놀다가도 자주 봐서인지 여전히 귀엽기만 하다. 그림 한 귀퉁이에 1989년, 사랑하는 아들에게 엄마가, 라고 가는 붓으로 씌어 있지 않았더라면 나는 아직도 마무리되지 않은 그림으로 알았을 것이다. 새삼스레 20여 년 전 벽의 그림을 보고 있으려니까 호랑이와 사자가 없다. 뱀도 없고. 순한 동물만 그려준 이유가 있었을까. 사나운 동물그림을 보고 잠이 들면 무서운 꿈을 꿀 것 같아 그랬는지도 모르겠다. 그때는 몰랐던, 엄마의 측량할 수 없는 사랑을 생각하게 하는 밤이다.

집 전체는 엄마 아빠 소유지만 이 방만큼은 나의 왕국이었다.

내가 커가면서 책장이 한 칸씩 늘어갔다. 못질을 잘하는 엄마는 그때마다 책장머리와 벽에 못을 쳐서 끈으로 단단하게 고정시키듯 연결했다.

"지진나면 책장이 문제니까 무거운 책들은 밑 칸으로, 알았지!"

엄마의 말대로 두꺼운 책들은 거의 밑 부분에 몰려 있다.

피곤이 몰려와 일단 침대에 누웠지만 쉬 잠이 오지 않았다.

새벽 무렵, 부스럭거리는 소리가 들렸다. 사실 나도 아직 못 자고 있었다. 변호사가 가르쳐준 대로 새 변호사를 찾을 때까지 두 달 정도의 시간을 갖고 라스베이거스에서 이혼을 하고 재산을 정리해서 라스베이거스에서 도박으로 다 잃었다고 하면……

어느 사이 잠이 들었나 보다. 잠을 깨우는 엄마의 목소리에 눈을 번쩍 떴다.

"좀 잤니? 무거운 서류상자는 가져가지 말자. 엄마가 꿈을 꿨는데 좀 이상해. 천정이 높고 허름한 홀이었는데 사람들이 많이 모였더라. 바닥에 버려진 갓난아이가 있었는데 어떤 남자가 자기가 데려가겠다면서 아이가 추우니까 담요를 달라기에, 내가 못준다고 했어. 그러니까 그냥 아이만 안고 가더라. 아이는 근심이라는데, 아무리 꿈이라지만 내가 데려오지 않은 게 얼마나 다행이니. 무슨 꿈일까…. 어서 일어나 옷 입어."

아직 잠결이라 엄마 말뜻을 제대로 알아듣지 못한 나는 일단 침대를 벗어났다.

현관을 빠져나가는데 어젯밤에 읽었던 서류의 세세한 기록들이 낱낱이 떠올라 오늘이 무슨 날인지를 실감케 했다. 앞서 주차장으로 가고 있는 엄마의 등이 오늘따라 더 작아 보였다.

아빠의 출근을 위해 차를 한 대 남겨두고 엄마와 나는 내 차를 탔다. 내가 운전석에 앉자마자 엄마는 법원 위치를 대충 말해주었다. 우회전, 좌회전은 엄마의 지시만 따르면 된다싶으니까 헤맬 염려는 하지 않아도 되었다.

나는 졸음도 물리칠 겸 엄마에게 말을 걸었다.

"엄마, 서류 점검하다 보니까 어떻게 이렇게 당할 수만 있나 싶었어요. 더 일찍 정리하시지."

"조절이 안 되는 사람들이었어. 브레이크를 걸어도 안 통하는 사람들. 내가 태어나서 만난 최악의 저질들. 처음엔 아빠 치과에 환자들도 소개하고 학원에 학생들도 소개하고 좀 잘했니? 오지랖이 넓은 사람으로만 알았지. 투자금이 들어가고 나니까 서서히 달라지더라. 아! 재판에 따라가게 해달란 사람이 있었는데. 왕씨 부부가 다운타운에서 장사할 때 20만 불짜리, 컨테이너 째 물건을 가져가고는 돈을 안 갚아서 소송했던 사람이야. 소송을 했더니 어느 날 간판을 싹 바꾸고 파산을 하더란다. 하는 수 없이 변호사 비용으로 1만 불만 받고 포기했단다. 그러자마자 옆 가게에서 밤에 불이 난 게 옮겨 붙어서 가게 물건은 하나도 못 건지고 망해버렸대. 지금은 동생 가게에서 일하면서 먹고 산단다. 그 한진규 씨 부인이 엄마더러 왕씨 부부 조심하라고 했었는데, 자식 키우면서 그러지 맙시다, 했지 뭐니. 정말 용기 있고 고마운 사람들이었는데. 그분들이 망할 무렵이 아마 회사 이름을 바꾸던 때인 것 같아. 왕씨 아줌마가 엄마더러 회사 이름 만드는데 소설 좀 빌려주면 세금은 내주겠다고 해서 거절했었지. 그런 식으로 산 사람들이었어. 왕씨, 그 사람들 때문에 미안했던 일이 또 있었는데 너도 기억할거다. 그 집에서 일하던 할머니! 어느 날 밤에 우리 집 현관 벨을 몇 차례 누른 할머니 말이야. 그 할머니 우리 집 앞에 당도하기 전에 왕씨 부인이 전화했지. 가정부할머니가 싸우고 짐 챙겨 나갔으니까 문열어주지 말라고. 이층에서 내려다보니까 아니나 달라, 그 할머니였지. 오죽 아는 곳이 없으면 우리 집에라도 찾아 온 건데 문을 안 열어줬구나. 그날 밤을 생각하면, 내가 너무 끔찍스러워. 모텔비라도 주고 모셔다줘야 했는데. 지천명의 나이가 한참 지나고 나니까 이제 보이네. 너는 절대 바보짓 하지 마라! 그리고 너, 그림 배우던 지점장 아줌마 생각나지?"

"네!"

"그 아줌마 눈이 엄청 나빠서 세필그림은 못 그려. 그러니까

찍어오는 사진마다 밑그림만 그리고는 도와달래. 개인전은 닥쳐오고 30점이나 되는 그림은 펼쳐져 있고, 하는 수 없이 학생들 수업 끝나고 저녁마다 마무리를 해주었지. 주말이면 어깨가 아파서 지압을 받아가면서 말이야. 다 완성하고 나니까 그림마다 자기 사인을 넣더니 액자를 맞추더라. 개인전 초대장을 받았지만 나는 지치기도 했고 차마 갈 수가 없었어. 액자 속의 그림들이 엄마, 엄마하고 부를 것 같아서. 아니, 그것보다도 자기 지점에서 VIP고객들 모셔다가 전시하는 그 좋은 날, 나를 보면 얼마나 부끄러울까 해서 못 갔지. 왕씨 아줌마가 다녀오더니 한두 시간 사이 다 팔았다고 하더라. 그리고 며칠 후에 지점장이 와서 기분이 좋은지 안할 말을 했어. 선생님! 나는 그림 파는 데는 100퍼센트 자신 있으니까 다음부터는 반반 나누기로 우리 동업할까요, 라고. 그 소리를 듣고 개인전 끝나자마자 스타일 바꾸라고 다른 화실을 소개했지. 그랬더니 다녀와서 하는 말이, 선생님! 은행 연봉이 얼마나 되는 줄 아세요? 은행 사람들이 어떻게 개인레슨을 받겠어요. 그래서는 다른 화실에도 안 가고 본점에 들를 때마다 냉면 먹자고 자주 오던 사람이었어. 그런데 서브프라임사태 터지고 전 세계가 휘청거릴 때 고정 이자 7.5%를 내려달라니까 그때부터 발걸음을 딱 끊더라. 세상 그런 거야! 1%의 잘 나가는 사람만

목표로 하는 게 은행이야. 아, 놓칠 뻔 했구나. 저 앞에서 좌회전 준비해!"

엄마는 이야기를 하는 동안 여러 차례 한숨을 쉬었다.

"너는 은행주식, 아니 어떤 주식도 절대 하지 마! 99%의 힘들게 일하는 사람 돈 갈아다가 1%의 머리만 굴리는 것들끼리 나누어 먹는 짓에는 절대 동참하지 마라! 요령만 피우는 것들은 결코 끝이 좋을 수 없어. 그보다 더 유치한 것들도 있지. 식당 오픈하기 바로 전이니까 8월의 폰타나가 얼마나 뜨거웠는지…. 주차장 마무리하느라고 콘크리트 위에 장애자표시그림 몇 개를 포함해서 긴 나무막대 대고 주차표시를 수십 개 긋고 있을 때, 홍씨 부인이 식당건물 안에서 홍씨를 부르더라. 자기야! 너무 뜨거운데 쓰러지겠다! 그만하고 얼른 들어와! 그 소리 듣자마자 보조하던 나무막대를 내팽개치고 달려 들어가는 꼴하고. 하는 짓들이 그 수준이었을 때 알아봤어야 했는데. 노(NO)를 빨리 못하면 호미로 막을 일을 가래로 막는다고, 능력이 안 보일 때 그만 두었어야 했는데. 그때는 주방도 준비가 끝나서 아이스기계도 돌아가고, 실내는 에어컨도 들어오고 얼음물 마시며 시원해서 자기들은 편했겠지. 나는 혼자서 나무막대는 두 발로 밟아가면서 왼손에 페인트통 들고, 오른손은 붓으로 칠하면서 그날로 다 마무리를 했지. 뙤약볕에서 하루

종일 하던 일 생각하면 너무 많이 보태줬어. 뻔뻔한 것들! 그
동안 못했던 인생수업, 차마 말 못한 것까지 한꺼번에 많이도
했다. 저기 다음 신호등에서 우회전한 다음에 좀 더 가서 법원
으로 들어가! 마무리를 법원에서 하다니…. 문제는 나야. 왕씨
부인이 우리에게 지나치게 잘했을 때 그걸 열정이라고, 심각
한 착각을 했으니, 어리석은 죄다."

이야기 끝에 또 한숨이다.

나는 엄마의 지시대로 처음 가보는 법원 건물을 찾아 주차
까지 했다.

법원의 낡은 건물 안은 생각보다 넓었다.

이리저리 헤매다 겨우 403호 앞에 다다랐을 때, 긴 복도 벽
에 놓인 벤치에 앉아 있다가 우리를 향해 벌떡 일어서는 한 남
자를 발견했다. 그 옆에는 고개를 깊숙이 숙인 또 다른 남자가
앉아 있었다. 왕씨와 홍씨였다. 변호사를 기다리는 모양이다.

우리 쪽을 향해 엉거주춤 서 있는 왕씨에게 나는 눈길조차
주지 않은 채 엄마와 함께 403호 법정으로 곧바로 들어갔다.
출석 난에 서명을 하고 중간쯤 좌석을 택해 앉자마자 엄마가
말했다.

"그래도 홍씨는 사람이다. 차마 고개를 못 드네."

"아직도 사람으로 보이세요, 왕씨가 기르는 강아지지."

그때 뱀이 빙빙 꼬아 일어선 형상인 왕씨와 그 일행인 듯, 변호사로 보이는 사람이 나란히 들어와 구석진 쪽으로 자리 잡는 게 보였다.

잠깐 사이 법정 안이 꽉 차도록 여러 인종들이 자리를 잡고 있어 누가 우리 케이스와 관련된 사람들인지 통 구분할 수가 없었다.

엄마는 무슨 생각을 하고 있는지 한동안 말이 끊겼다. 옆모습을 보니까, 염려한 것보다는 안정감이 느껴지는 눈빛이었다.

드디어 판사가 등장했고, 정 가운데이면서 가장 높은 자리에 앉았다. 엄숙한 표정과 무거워 보이는 검정 가운에 비하면 본성이 다감한 50대의 필리핀계 같았다.

비서가 분주하게 움직이더니 드디어 한 사람씩 호명이 시작되었다.

판사의 호명이 있을 때마다 변호사를 대동한 피고나 원고들이 판사 앞으로 나갔다. 몇 사람은 우리처럼 재판을 연기하는 등 사연이 제각각이었다. 엄마에게 무엇을 어떻게 도와주어야 할지 생각해볼 수가 없을 정도로 대하는 사건마다 판사의 말의 방향이 모두 달랐다. 절반 이상이 퇴장하고 아직 10여 명 정도가 남았을 때 판사가 엄마 이름을 시작으로 한 사람씩 호명했다. 모두 일어서고 보니까 의자에 앉은 사람은 나 하나뿐이었다. 이 케이스가 오늘의 마지막 순서였던 것이다.

판사는 모두가 일어나 선서를 하고나자 속기사 등 법원 직원들의 일을 중단시키고 엄마와, 그리스인 이름을 가진 은행 변호사, 일본인 이름을 가진 경매회사 변호사, 한국사람인 왕씨의 변호사를 호명하더니 자신의 사무실로 들어오라고 말했다. 엄마가 판사에게 나를 가리키며 아들을 데려왔다고 말하자 같이 들어오라고 허락했다.

판사의 방에 들어서자 의자 셋을 향해 엄마, 그리고 은행 변호사와 경매회사 변호사더러 앉으라고 명했다. 벽 쪽으로 놓여 있던 의자에는 나를 앉게 했다. 자동으로 왕씨의 변호사는 서 있을 수밖에 없었다.

모두 앉자마자 엄마의 뒤편에 서 있던 왕씨의 변호사가 판사에게 말했다.

"이쪽 변호사는 오늘 출석하지 못한다고 이틀 전에 통보해 왔습니다."

그러자 엄마가 한인 변호사를 향해 고개를 돌리며 면박을 주듯 영어로 말했다.

"다들 아는 이야기거든요!"

그 틈에 가운데 앉은 일본계로 나이 지긋한 남자 변호사가 판사를 향해 서류 한 장을 서둘러 내보이며 엄마가 보증인이 라고 말했다. 벌컥 화가 난 것인지 당황한 것인지 엄마가 언성 을 높이며 끼어들었다.

"3분의 1씩 투자한 동업입니다. 그리고 이건 사기사건입니다."

엄마의 말이 끝나자 판사가 손가락 하나로 문을 가리키며 말했다.

세 사람 나가고 엄마는 남으라고.

변호사 셋은 두말없이 뒤돌아 나가고 나와 엄마는 그대로 앉아 있었다.

이름으로 보아도 영락없는 필리핀계인 판사가 엄마를 마주 보며 말하는 걸 좀 떨어져 있는 대각선의 위치에서 나는 정확 히 들을 수 있었다.

"오늘 합의를 보십시오. 아니면 당신이 은행을 재소송한 것 이니 이달 30일까지 재판비용으로 8만 달러를 법원에 입금해 야 합니다."

엄마는 준비한 말을 끄집어냈다.

"판사님! 변호사를 찾는 기간 2개월만 주십시오."

"안됩니다! 예산삭감으로 다음달부터는 이 법원의 반만 운 영됩니다. 그동안 몇 년씩 미루어온 일들도 많고 해서 이 일은 이제 마무리해야 합니다."

"두 달만 주세요. 저는 은행에는 돈을 줄 수가 없습니다. 은행 감독국에서도 변호사를 고용하라고 통보해왔습니다. 그리고 이미 변호사비로 이렇게 많은 지출을 했습니다."

엄마는 몇 번인지는 알 수 없지만 단 하나 챙겨온 파일을 열어 보이며 말했다.

변호사 비용 내역서를 흘끔 바라본 판사가 말했다.

"변호사는 과다청구로 바에 신고하려면 하고, 당신이 재산이 있는 걸 다 알아서 그러는 거니까 일부라도 갚아야 할 겁니다. 아니면 다음주 30일에 재판에서 내가 당신에게 원금만 58만 달러 판결할 테니 그때 가서 파산하십시오."

엄마는 지체하지 않고 대답했다.

"은행소송 때문에 신용이 망가져서 제가 합의 볼 수 있는 금액은 3만 달러입니다. 아들 크레디트 한도액입니다."

엄마는 의외로 차분하게 대답했다. 파산이라는 판사의 말을 믿기에는 엄마는 너무나 많은 공부를 한 끝이었다. 드러나는 자산과 부채비율이 좋은 성적이라는 이유 때문에 파산신청이 안 된다는 걸 엄마는 충분히 알고 있었다. 판사도 그걸 뻔히 알면서 여자라고 겁주는 기분이 들었고, 엄마는 어림도 없는 액수로 대담하게 시작한 셈이었다.

"잠간 밖에 나가 계십시오."

판사가 먼저 일어나더니 직접 문을 열어주었다. 나도 일어나 엄마 뒤를 따랐다. 우리가 나가자 변호인 세 사람을 불렀다. 그리고 몇 분이 지나자 다시 변호사들이 나오고 판사가 얼굴을 내밀며 엄마를 향해 들어오라는 제스처와 함께 엄마의 이름을 호명했다.

이번에는 엄마 옆에 내가 자연스레 앉았다.

판사가 엄마를 마주보며 입을 열었다.

"10만 달러 아래로는 양보할 수 없답니다."

판사의 어조는 단호했지만, 나는 내심 의외라는 생각이 들었다. 그리고 3만 달러라고 시작한 엄마가 아주 엉뚱한 대답은 아니었다는 감이 왔다.

판사는 그 말과 동시에 회전의자를 180도로 돌리더니 뒤쪽 테이블에 있는 컴퓨터를 켰다. 컴퓨터가 우리 쪽을 향해 있어 화면이 잘 보였다. 아마도 오늘 헤드라인 뉴스를 체크하는 것 같았다.

엄마는 판사가 돌아앉은 사이 가지고 있던 파일커버에 볼펜으로 천천히 동그라미 다섯 개를 포함한 10만 달러라는 숫자를 그렸다. 우리가 놀라고 근심했던 것에 비하면 판사는 확실히 경험이 많고 노련하다는 생각이 들었다.

엄마는 잠시 고민하더니 판사에게 말했다.

"5만 달러로 해주세요."

판사는 기다렸다는 듯 빠르게 돌아앉으며 말했다.

"남편이 치과개업을 몇 년이나 하셨습니까?"

"30년이요. 이 사건으로 몸이 아파 파트타임으로밖에 일을 못합니다."

"개업은 하고 있지요?"

"네."

"10만 달러 내십시오!"

엄마는 작게 한숨을 쉬었다. 언제부턴가 한숨 쉬는 버릇이 생겼는데 하필이면 이 순간에 그 한숨을 판사 앞에서 선보인 것이다.

고개를 잠시 숙였던 엄마가 판사를 향해 목을 세우고 말했다.

"판사님! 1분만 주세요. 남편과 의논하겠습니다."

"그러십시오."

엄마는 어깨를 약간 돌리고는 휴대전화를 집어 들었다. 아빠에게 아주 작은 소리로 소곤거리더니 1분도 채 안 돼 전화를 끊었다. 엄마의 1분은 확실히 30초 정도라는 걸 알았다. 나는 2, 3분 정도 의논을 했더라면 하는 아쉬움을 느끼면서 불현듯 어릴 적 기억이 났다. 시청 경매행사 중에 본 엄마의 모습이 떠오른 것이다. 내가 초등학교에 입학할 무렵의 어느 일요일이었다. 그날 엄마는 미리 점찍어둔 지역에 경쟁이 붙자 매번 재빠르게 손을 높이 쳐들었다. 결국 엄마에게 낙찰되었다. 뒤처리로 수속을 마치고 있을 때 경매에 참가했던 한 분이 엄마에게 다가와 땅을 반으로 나누면 어떻겠느냐고 제안했지만 엄마는 단번에 거절했다. 그때와는 전혀 다른 상황인데도 엄마는 왜 그때처럼 속전속결이어야 했는지. 조금은 아쉬워하면서 엄마를 지켜볼 수밖에 없었다.

엄마가 판사를 바라보며 당당해진 표정으로 지금까지와는 전혀 다른 약간 높은 어조로 말했다.

"1만 달러에 합의 하겠습니다."

판사가 어리둥절한 표정으로 눈을 동그랗게 뜨면서 말했다.

"그러면 합의가 안 됩니다."

판사가 단호한 표정으로 말했다.

하는 수 없이 나는 엄마에게 힌트를 주기 위해 엄마 쪽으로 고개를 돌려 작은 목소리로, 그러나 판사보다 더 미국식 발음으로 아주 짧게 말했다.

"엄마가 1만 달러라고 말했어요."

실수를 알아차린 엄마가 고개를 바짝 들고는 다시 말했다.

"오, 미안합니다. 10만 달러에 합의하겠습니다. 그러나 지금 그런 돈은 없습니다. 은행에서 달라던 그 땅을 팔아서 지불하겠습니다."

"언제까지죠?"

"두 달만 주세요."

그 말에 판사가 의자에서 가볍게 일어서더니 벽에 걸린 달력 두 장을 넘기고는 펜으로 날짜를 짚었다.

"6월 20일! 이날입니다."

"네!"

판사는 다시 자리로 돌아와 앉으면서 드디어 내게 말을 걸었다.

"아들은 뭘 할 거야?"

판사는 나를 나이보다 어리게 보았나보다. 나는, 나도 모르게 의사요, 라고 했다.

"그래, 얼굴에 의사라고 쓰여 있어."

내게 악수를 청한 판사는 가벼운 몸짓으로 먼저 자리에서 일어서며 느긋해진 표정으로 엄마를 향해 말했다.

"당신이 6월 20일까지 지불하는 것과는 상관없이 그 이후, 밖의 두 사람의 재판은 이어질 것입니다."

"네. 그래야지요."

엄마는 편안한 표정으로 인사를 나누고는 법정 안에 있는 우리의 자리로 돌아왔다. 판사도 뒤따라 나오더니 자리를 지키지 않고 어디론가 사라진 속기사를 부르라고 비서에게 지시했다.

잠시 후 모두가 지친 표정으로 앉아 있는데 판사가 다시 한 사람씩 호명해 자리에서 일어서게 했다. 모두가 일어서자 판사는 엄마의 이름을 대며 이제 은행과의 합의에 동의하느냐고 질문한 뒤 한 번 더 확답과 선서를 하도록 했다. 그리고 이어 경매회사 변호인에게도 선서를 하게 했다. 판사의 말을 끝으로 모두들 제각각 돌아섰다.

그것으로 파장이 되고 각자 가지고 온 서류 뭉치들을 챙기기 시작했다.

왕씨 일행 셋은 유독 재빠르게 서두르더니 제일 먼저 법정을 빠져나갔다. 엄마는 그들의 모습을 눈으로라도 잡으려는 듯 걸음을 재촉해 복도로 뒤따라 나갔지만 그들 일행은 벌써 저 멀리 에스컬레이터를 향해 도망치듯, 달아나 듯, 미끄러지 듯 빠른 걸음으로 작게, 점점 작게, 점처럼 사라져 갔다. 살찐 쥐들이 통로를 향해 재빠르게 빠져나가는 모습으로 착시되어 하마터면 법원 복도 바닥에 구토를 할 뻔했다.

아침 일찍 법원에 당도했을 때보다 흘끗 바라본 엄마의 모습은 당당하고 커 보였다. 어깨도 곧게 펴져 있었다. 판사에게 보여준 두께가 거의 없는 누런 파일커버 하나를 든 엄마의 폼은 마치 변호사거나, 법정 통역관이라도 되는 듯한 익숙하고 당당한 걸음걸이로 법원을 걸어 나갔다. 나는 엄마의 복잡한 머릿속을 가늠하면서 조금 뒤쳐져 걸었다.

약간 뒤쳐진 나를 향해 엄마가 말했다.

"허망하게 한순간에 다 잃을 줄 알았더라면 학원하지 말고 어린 너하고 시간을 더 보냈어야 했는데……."

"다 괜찮아요. 엄마가 한가했으면 엄마 잔소리 때문에 내가 힘들었을 거예요. 그리고 엄마 아빠가 바쁘게 일하셨으니까 학비융자 안하고 편하게 공부했잖아요. 지금도 그렇고요."

내가 말을 마치자 엄마는 전화통화를 시작했다.

"변호사 바꾸셨다고 일찍 좀 말씀해 주시지 않구요. 저는 이 회장님 말씀만 듣고 은행 일을 잘 해결하리라 믿고 있다가, 변호사에게까지 당한 기분이……."

엄마의 음성을 뒤로하고 내가 앞서 걸었다.

먼저 도착한 내가 자동차 문을 열면서 말했다.

"내가 운전할 테니까 편안하게 다리 쫙 펴시고 주무세요."

"그래."

자동차가 달리기 시작한 지 채 5분도 되지 않았는데 엄마의 고개가 점점 한쪽으로 기울어져갔다. 나는 운전대를 잡고 있던 손 하나로 조용히 FM 음악방송을 틀었다.

원숭이는 나무에서 떨어지면서도 자꾸 매달리는 본성 때문에 손가락이 점점 길어진다는 의미 있는 이야기를 들었던 기억이 난다. 꾀를 낸 사람의 입장에서는 미안은 잠깐이고 이익은 영원한 거라고 하겠지만 어느 날엔가는 해골의 모습을 드러내긴 마찬가지일 테니까. 이젠 엄마도 알겠지. 유혹은 달콤했고, 결과는 매우 쓰디쓰다는 걸. 엄마는 지금 미끄러지듯 조심히 움직이는 차안을 마치 요람이라고 생각하는지 음악의 선율을 들으며 깊이 잠이 들었다. 오랜만의 짧은 숙면이라 생각하니까 가슴이 저려온다.

날마다 축제 같던 엄마. 상을 타는 학부모들로부터 수시로 꽃다발을 받던 엄마. 과일이 몇 상자씩 들어와 늘 학생들 정물대도 유명한 화가의 정물화보다 더 많은 풋풋한 과일을 잔뜩 늘어놓던 엄마. 학생들과 함께 천방지축이던 엄마. 이젠 엄마 자신을 위한 그림을 그렸으면 좋겠다. 그리고 다시 밝게 웃었으면 좋겠다.

특별한 이야기를 좋아하는 엄마가 한번은 멋진 사자성어의 대발견이라며 이야기를 들려준 일이 있다.

"중학생들 앞에서 선생님이 문제 하나를 줬는데 뭐냐면, 늦은 밤 골목에서 고래고래 소리 지르는 걸 사자성어로 써내라고 했대. 고성불가 등 좋은 표현이 많았는데, 그 중에서 대박이었던 게 뭔지 알아?"

잠시 머리를 굴리고 있는데 초 다툼을 하는 급한 엄마가 말해버렸다.

"설마아빠! 라고 했단다. 대단하지."

뒤이어 아빠와 나를 번갈아보며 질문을 했던 기억이 난다.

"뭐 좀 없을까? 인생을 사자성어로?"

아빠는 망설임 없이 대뜸 '빈콩깍지'라고 했다. 치과의사다운 표현으로 이해하자면 늙어가면서 하나, 둘씩, 나중엔 모두 버려야 하는 치아 때문이 아닐까 싶었다.

엄마는 '인생축제'라고 했다. 축하받으며 태어나고 제삿날을 정하고 떠난다는 의미라고. 평소 인생을 축제로 착각하고 살던 엄마다운 해석이다. 그 덕에 오늘, 아니 몇 년 호되게 치르지 않았던가. 달콤한 유혹에 빠진 엄마의 죗값이라고 하기엔 7년 전 동업에 투자한 액수에다, 종업원용 집에다, 막아 넣던 은행 월부금에, 변호사 비용, 오늘 10만 달러까지 너무 큰 액수다. 지금보다, 오늘보다, 내일쯤 정신을 차리고 생각을 떠올릴 적마다 엄마는 마음으로 흐느낄지도 모른다. 아무튼 엄마는 졌다.

'설마 우리'가 '설마 엄마'가 이런 고통을 겪게 될 줄이야.

나는 이제야 말할 수 있겠다.

인생은 '모노폴리'(MONOPOLY)라고. 모노폴리 게임을 특별 과외처럼 엄마에게 가르쳐주고 싶다. 즐기며 하는 게임이지만 무조건 이겨야 하고, 꾀에 속거나, 분노하면 지는 거라고. 웃는 가면을 쓴 채로 마음을 읽히지 말아야 이기는 거라고. 엄마가 말해준 것처럼 말을 낚는 그물은 말로 만들어져 있다면 움츠려야 하는 혀에는 잠수함 같은 추를 달고, 입술은 느린 박자가 필수라고.

모노폴리는 보드게임으로 결국 종이게임이다. 내 방에는 어려서 가지고 놀던 모노폴리 보드하고 장난감 돈이 아직도 있다. 우리가 먹은 것 입은 것 빼면 남는 건 종이문서뿐이다. 사람이 꾸민 종이들.

나는 지금 노란신호등에는 지날 생각을 아예 하지 않는다. 급정거는커녕 지난주 비 오던 날에 엄마가 하던 운전 스타일로 차를 천천히 몰고 있다. 정오의 해가 따가운데 엄마의 얼굴에는 선크림도 안 바른 것 같다. 큰 차 옆으로 붙어서 햇볕을 가려주고 싶은데 쉽지가 않다. 지난주 금요일, 엄마가 자동차를 유난히 천천히 몰던 모습이 떠오른다. 옆 자리에 자식을 태웠으니까 조심했을지도 모른다는 생각이 이제야 든다.

그 사이, 나는 음악 소리보다 약간만 더 큰 소리로 엄마를 깨워야 했다.

"엄마! 다왔어요."

엄마는 고개를 번쩍 들고 차창바깥을 확인하며 말했다.

"벌써!"

"빠른 거 좋아하셔서 30초 만에 왔어요."

"엄마 마음 찢어지는데 너까지 그러지 마라! 운전 조심하고 저녁에 일찍 보자!"

엄마가 차에서 내리고, 나는 도서실로 향했다.

딱, 일주일만이다. 금요일 오후의 도서실치고는 빈자리가 거의 없다.

자리는 잡고 앉았는데 책을 펴기가 싫다. 왜 도서실로 왔는지도 모르겠다. 그건 마치 엄마가 냉장고 앞에서 수시로, '내가 뭘 찾는 거지?' 하는 당황함 같은 건지도 모르겠다. 장래의 법정에 드나들 사람들을 양성하느라 장서들로 많은 정성을 들인 도서실. 법대를 졸업하면 취업 첫해부터 13만 달러 이상을 받고 로폼에 들어갈 것이며, 그 뒤엔 실적을 올리느라 무슨 짓들을 할 것인가. 여기저기 책상 앞에 앉은 장래의 지독한 놈들을 보는 것 같아 고개를 푹 숙였다.

나는 책상 위에 머리를 박고 생각에 골똘했다.

그러다가 책상 위에서 깊은 잠이 들었던 것 같다. 눈을 떴을 때는 어둑한 저녁 8시 무렵이었다. 책상에 엎드린 채 이렇게 긴 시간을 잘 수 있다니. 코까지는 골지 않았나보다. 도서실 밖으로 나가 엄마에게 전화를 했다.

텍스트 메시지를 여러 차례 했는데 왜 응답이 없었냐는 엄마의 걱정스런 말투였다.

얼마 후 저녁식사를 위해 아빠 엄마, 우리 셋은 오랜만에 단골 한식당으로 향했다.

음식을 주문하고 기다리는 동안 엄마가 제일 먼저 대화를 텄다.

"그때, 우리더러 담보를 더 내놓지 않으려면 우리 지분을 포기하라고 했을 때 그냥 버린다싶게 줄 걸 그랬어요."

"세상을 그렇게 살면 돼! 그동안 힘들긴 했지만 그놈들이 사기꾼이라는 건 밝혔잖아!"

아빠의 음성을 오랜 만에 듣는 기분이다. 나는 마주 앉은 아빠의 모습을 보고 조금은 낯설었다. 아빠의 가지런하던 치아가 엉망인 것을 한눈에 알 수 있었다. 마치 토끼 이처럼 앞니하나가 약간 내려와 있고 빛깔도 담배를 오랜 세월 피워온 사람처럼 흙색으로 변해 있다. 앞니가 저 정도면 보통일은 아니다. 많이 힘드셨구나 하는 생각이 들어 민망스러웠다. 엄마 얼굴은 일주일 전에 비하면 여전히 피곤해 보이긴 해도 평화스러워 보였다. 엄마가 심각한 듯한 어조로 아빠를 향해 고개를 약간 옆으로 돌리면서 말했다.

"그러기엔 우리가 출혈이 너무 심했어."

엄마 말이 맞다. 원숭이 이야기에 의하면 말이다. 원숭이가 양손에 콩을 가득 쥐고 가고 있었다. 그런데 그만 콩알 하나가 떨어졌다. 원숭이는 그걸 주으려다 콩 스무 알을 떨어뜨리고 말았다. 그리고 그 스무 알을 주으려다 콩을 다 떨어뜨리고 말았다. 원숭이는 성질이 나서 콩을 사방에 던지고 달아나버렸다는 우화가 왜 이런 심각한 분위기 속에서 생각나는 건지, 나란 놈은 왜 이럴까.

아빠가 나 정신 차리라는 듯 목에 힘을 주신다.

"처음부터 사기였어. 순진한 사람 붙들어서 봉 잡으려했던 거야! 날더러 식당 와서 설거지 한번이라도 했느냐고 따지던 꼴하고, 종업원이 단골손님들 연락처 다 적어가지고 옆 식당으로 옮겨가도록 모르고 있던 놈이, 왕씨 그놈이 월급 내린 걸 우리에게 와서 '내 월급이 얼마인 줄 아십니까?' 하고 낯부끄러운 줄도 모르고 따지던 생각 안 나? 당신이 그랬잖아, 월급만 계산하지 말라고, 새 차 빼주지 않았느냐니까 당장 자동차 키 두고 갔던 거 잊어버렸어? 세금 불려서 융자 빼먹는데 합작한 놈들! 왕씨 부부가 사기꾼이면 가장 큰 수혜자는 홍씨 부부야! 벌써 잊기에는 수업료가 적지 않았지. 군대 같으면 그런 놈들 최전방에 세워두고 총알받이로 쓰는 건데……."

아빠는 일간신문 사설분량을 요약한 정도의 짧은 연설을 마쳤다. 듣고 있던 엄마가 말끝을 돌리려는 듯 알맹이가 없는, 농담하는 분위기로 다시 시작했다.

"지금 당신이 최전방 이야기할 군번이 아니네요. 이번에 배운 건 내일, 내일 하지 말고 먹고, 쓴 돈만 내 몫이라는 거야. 이제부터는……."

여 종업원이 큰 쟁반에 음식을 들고 다가오자 엄마는 오랜만에 고개를 들어 상냥한 웃음을 보였다.

"엄마 제발!"

종업원이 떠나자 나는 나도 모르게 엄마를 향해 사자성어 식으로 짧게 말했다.

"다 지나갔어요. 은퇴준비 생각하다가 다 늙어버렸잖아요. 내일은 없는 것처럼 엄마 하고 싶은 대로 하고 사세요. 그러나 재발방지!"

"염려 말어! 인생오해다! 전쟁터에 가보지 않아서 모르겠지만 아빠가 말하는 월남전 이야기를 더 주의 깊게 들었어야 되는 건데. 인생도 전술이었어. 적군이 아군 복을 입고 위장하는 거랑, 길 표지판을 바꿔 전지를 오판하게 해서 몰살시키는 거랑 뭐가 달라. 인간이 동물보다 순진하다고 생각하면 오해지. 동물에게 물리는 게 백번 낫다! 순한 소의 연한 살을 구워 먹으면서 이런 소리해도 되는 거니? 그냥 잊자!"

엄마는 울타리 안이라고 마구 말을 늘어놓는다. 평소 군대 이야기를 자주하던 아빠는 단번에 벌침을 쏜 것으로 다 풀어버린 건지 아예 말이 없다.

오랜만에 편안하고 푸짐한 저녁이었다. 다른 테이블에서 우리를 쳐다봤다면 어려운 일을 겪은 사람들이라고는 상상도 못할 화기애애한 분위기였을 것이다.

식사를 끝내자 디저트로 식혜 석 잔과 계산서가 따라 나왔다.

엄마가 계산서를 집어 들었다. 나는 식혜를 한 모금 마시고 나서 엄마 표정을 살피며 느긋하고 조심스럽게 입을 열었다.

"엄마, 다 팔아서 쓰세요. 여기저기 덫은 항상 있으니까 바보 되지 마시구요. 이번 일로 나도 남이 가질 수 없는 경험이 많이 생겼어요. 나, 법대 그만두고 일하면서 나가서 혼자 살 거예요. 법대에서 1년 동안 뭐 배웠는지 아세요. 내 클라이언트가 살인을 했어도 같이 거짓말을 돕거나 정당한 이유를 만들거나, 무죄 될 방법을 찾아주는 거예요. 상대방이 옳다는 걸 알아도 흠을 만드는데 합작하는 거예요. 나, 남의 싸우는 일에 평생 끼어들고 싶지 않아요. 난 싫어요. 나는 변호사 못하겠어요. 오늘 본 사람들 다 징그러워요. 그리고 엄마 '인생축제'는 '인생축재'로 바꾸세요. 축하 받으면서 태어났지만, 먼지로 재로 변할 거니까. 먹다가 흘린 것 아깝긴 하지만 더 먹어서 독이 될 수도 있으니까, 미리 재로 만들었다 생각하시고 잊으세요. 엄마 속에 있는 거나 관리 잘하세요. 아니면 병 생기세요. 얼굴이 그게 뭐예요. 이제 그 투명상자는 버리시고, 다음 상자는 멋지고 획기적인 것으로 보여주세요. 아무리 맛있는 걸 먹어도 먹는 동안 잠시 눈과 입이 즐거울 뿐이고, 흙과자를 썩은 물과 먹는다 해도 결과는 다 똥이에요. 사람, 다 똥이에요. 보세요. 다들 금세 벗겨질 위태로운 가면처럼, 얼마 못 가서 쏟아낼 똥을 숨기고 있잖아요. 생고기가 담겼던 이 하얀 접시 보세요. 변기에서 똥구멍을 위해 둥그스름하게 오려낸 것처럼 생겼잖아요. 접시와 변기는 세트라고요. 그러니까 접시와 변기는 공모자죠. 먹을 것을 접시에 담아 눈앞에서 유혹하고 그걸 먹고 하루도 못가서 변기에 쏟게 하는 동업자 사이. 각자가 지나치게 욕심껏 먹은 걸 부끄러운 줄 알면 숨어서 가린 채 쏟아내라는 식이죠. 숨겨봤자 얼마 못가 하수구 처리장에서 똥끼리, 난 누구 뱃속에서 나온 거다 하고 다들 만나요. 원수들끼리 얼굴은 안 마주친다 해도 각자의 변기에 쏟아낸 똥끼리는 어딘가에서 같이 섞여 놀아요. 쉽게 사세요. 책임감도 벗으세요. 인생은 변기예요. 엄마……"

나는 말하는 도중 목이 멜 뻔했다. 그래서 앞뒤 두서없이 빨리 말해버렸다. 심플한 메시지여야 했는데, 엄마 고생하셨어요, 라는 말은 못했다.

나는 식혜를 마저 마셨다. 무슨 핑계인지 엄마가 시원한 식혜 석 잔을 더 주문했다. 그리고는 예전 같지 않게 팁을 후하게 놓는다.

천만다행, 위기는 끝났다. 그 사이 나는 어른이 되어버렸다.

달력이 바뀌고도 열흘 이상을 더 넘기고 겨우 밤늦게 집에 도착했다. 오월의 두 번째 주일, 내일이 13일, Mother's Day 라는 걸 기억한 나는 서둘러 하루 전, 자정 몇 십 분 전에 돌아왔다.

배낭과 텐트 등을 메고, 들고 현관을 들어서는데 역시 집이 좋다, 라는 생각이 압도적이다. 따뜻하다. 자동차로 미 대륙을 여행하고 즐거움과 고생이 뒤범벅되어 오랜만에 돌아와 보니, 겨우 현관인데도 따뜻하고 좋다!

집안에 불은 밝은데 조용히 문을 딴 탓인지 인기척이 없다.

신발을 벗다가 현관에 걸린 새로운 그림을 봤다. 엄마를 보는 듯 반가웠다.

'상궁지조'라고, 한번 화살에 맞아 다친 새는 구부러진 나무만 보아도 놀란다더니, 세상은 무서운 활이고 엄마는 작은 새라도 되는 듯 모든 걸 경계하고 두문불출하던 엄마가 다행히도 속에 숨은 뭔가를 찾았나보다.

현관에 걸기에 그리 크지 않은 그림이다. 밑바탕은 갖가지 고운 파스텔컬러가 색칠되어 있고 그 위를 아크릴 검정색이 덮어버려 꽃처럼 바탕색이 예쁘게 피어나는 듯한 그림이다. 우연처럼 만들어진 넓은 검정색 위에는 송곳으로 긁은 듯 글이 새겨져 있다. 나는 가까이 다가서서 작게 새겨진 글씨를 더듬는다.

'파스텔색이 예쁘기만 할 것 같지만 거기에도 검정색은 끼어 있다. 평소 검정을 외면했는데 올해, 그 어두운 폐쇄 속에 숨겨진 진가를 발견했다. 아름다운 색들을 순식간에 뒤덮을 듯한 검정, 그 밑바닥에는 곱던 시절이 보호받듯 숨겨져 있는데. 깊은 우물이 검듯이, 깊은 바다 속에 숨겨진 보물인 듯 홀로 들여다보는 옛날들.'

나는 그림 앞에 꼼짝 않고 서서 감춰진 고운 색들을 조용히 살피고 있다.

분노가 가라앉고 있나보다. 몇 년간 광풍 속에 시달렸지만 최소한 뼈에 버무려진 그림 하나는 남겼나보다. 나는 짐을 현관에 내려놓고는 발걸음을 조용히, 화장실로 향한다.

거의 3주 만에 사용하는 내 화장실 변기에 이미 죽은, 배가 둥글고 큰 거미 한 마리가 물 위에 떠 있다. 독거미다! 나는 급한 중에도 급물살에 빨려 내려가는 거미를 확인하고서야 바지의 지퍼를 내린다.

거미는 왜 변기에 와서 익사한 걸까? ✗

— 『한국소설』 2014년 4월호

여기가 어디지

빈 종이커피잔을 구겨 쥐고 쓰레기통을 향해 걷는 소설의 종장. 냉정한 이성의 시선이다. 창작의 시선이 일반 시선과 여기서 차별화된다. 인간은 어쩌면 이 시사성의한 단면처럼 생 자체를 쓰레기통에 버리려 온지도 모른다.

여기가 어디지

한 해 동안 배당 받는 8,760시간 곱하기 71년하고도 몇 달을 더 살았으니, 내 몸은 60만 시간을 족히 지나온 셈이다. 나는 그 많은 시간을 무얼 하며 살았나? 생은 회한이 깊을수록 답이 궁색하다. 만남이 만남을 낳고, 죽음을 만나러 가는 종장의 시간은 아무도 예측할 수 없다. 유사 이래 신에게 죽음 저쪽 일을 물어왔지만 신통한 답은 아직도 보류되고 있다. 자꾸 생각이 부풀어 머리가 무겁다.

머리카락 무게라도 줄이려고? 그런 뜻은 아니었지만 우연히도 나이가 들수록 나의 헤어스타일은 조금씩 짧게 디자인되었다. 늘어나는 흰머리는 염색도 않은 채다. 화장은 엷게 하는 편인데 오늘 아침은 동생이 같이 걷자고 일찍 깨우는 바람에

서둘러 나오느라 세수나 겨우 한 얼굴이다. 동생네 집에서 동쪽 방향으로 40여 분 느리게 걷다가 갑자기 뿌리기 시작한 비를 피하느라 맥도날드 가게로 급히 들어왔다. 모자라도 쓰고 나올 걸. 커다란 유리창에 비치는, 비를 살짝 털어낸 내 젖은 머리 꼴이 마치 고슴도치 같다. 고슴도치? 그게 실제의 내 모습일지 모르지. 짝 없이도 혼자서 여행도 잘 다니니까. 가지 않은 나라가 거의 없을 정도이고, 친구들 때문에 두세 번 여행한 나라도 있다. 혼자 여행을 다닌다고 청승맞다는 소릴 듣기도 하지만 나의 당당함은 숫타니파나의 '무소의 뿔처럼 혼자서 가라'는 가르침을 잘 실행하고 있는 것에 대한 자부심이 큰 편이다.

동생은 나와 달라서 세상 모든 걸 알려하고 또 아우르려한다. 살다보면 자꾸 늘어날 수밖에 없는 인연의 줄을 한없이 늘이려 드는 것이 인생이다. 나는 훗날 후회를 하더라도 거슬리는 인연의 줄은 즉시 잘라내는 형이다. 주변은 단순할수록 좋은 거니까.

나는 지금 빗줄기를 보고 있다. 하늘과 땅이 비로 가려져, 어제의 뜨거웠던 열기를 식히고 있다. 유리창 밖 대로변 코너에 세워져 있는 7가와 웨스턴이라는 T자 형의 푯말이 보인다.

맥도날드의 구석진 자리, 이른 아침인데도 빈자리가 쉽지 않을 것 같아 4인용 테이블을 미리 차지한 것이다. 커피를 주문하려고 서 있는 동생이 어디에 섞여 있는지 보이지 않는다. 줄이 꽤 긴 편이다.

흐린 날에는 약간의 시선 차이로 유리창이 극명하게 세 가지 구실을 한다. 안과 바깥 풍경을 동시에 바라볼 수 있는가 하면, 나를 비추는 거울이 되기도 한다. 이런 유리창을 통해 인생을 관조하는 부류는 따로 있다. 그들은 대개가 외로운 사람들이다.

어제 저녁 뉴스보다 기상의 흐름이 빠르다. 오늘 오후쯤에 5밀리 정도의 예상 강우량이라고 예보했던 비가 아침부터 내리기 시작한다. 그래서 맥도날드 실내는 사람들로 북적거린다. 그리고 코리아타운 중앙지여서 한국 사람들이 꽤 많이 눈에 뜨인다.

LA 오월의 날씨답지 않게 바람이 섞여 있다는 걸 알 수 있는 것은 비가 사선을 그으며 땅을 적시고 있기 때문이다. 비가 사선으로 내리는 것처럼 몇 그루의 오래 된 가로수도 삐딱하게 자라 있다. 실내에 앉아 있는 사람들 역시 몸을 앞으로 기울거나 뒤로 재치거나, 다리를 꼬거나하여 삐딱한 자세가 대부분이다. 그런데 건축물의 기둥들과 테이블의 다리와 의자의 다리 등은 수직이다.

자동차, 오토바이, 나무, 사람, 건물, 의자 등 안과 밖 모두의 공통점은 땅을 의지하고 있다는 것이다. 점원들의 다리도 포장된 땅을 종종거리고 있다.

유리창으로 보이는 내 등 뒤로는 한국인 남자 넷이 앉아 있고, 그들의 목소리가 내 귀에 착착 감기듯 들려온다.

"시발, 처갓집이 잘 살면 뭐해. 한 푼 안 도와주고 큰 소리만 치는데, 면허증이라고는 헛헛증밖에 없으니 일감 찾기도 힘들고……."

"누가 아니래, 내가 서울에서는 집을 지으면 지붕에 헬리콥터가 앉아도 될 정도로 튼튼하게 지었는데, 무슨 자본이라도 있어야 옛날처럼 다시 일어나지……."

타국 생활이 만만치는 않은가보다. 인체에서 발바닥 가죽이 가장 두꺼운 이유는 땅을 밟고 살기가 힘들어서라고 했다. 그리고 이 세상을 살면서 돌아다니는 동안 무상으로, 무심히 밟은 땅을 누린 만큼, 자기 몫의 대가는 누구나 치르는 거라고. 나는 몇 번이고 동의한다.

이제 막 커피 두 잔을 들고 동생이 유리창 가까이 다가오고 있다. 나는 고개를 돌려 동생을 맞는다.

"이 쪽이 언니 거야. 블랙! 근데 언니, 내가 그렇게 젊어 보여? 시니어 커피 두 잔이라니까 믿질 않는 거야. 다음부터는 시니어라는 말은 쓰지 말아야겠어."

얼굴에 웃음을 잔뜩 머금은 동생의 들뜬 음성이다.

"좋기도 하겠다! 그럴 줄 알았으면 좀 걷더라도 스타벅스로 가는 건데. 앞으로는 할인이 필요할 때만 하얀 가발을 뒤집어써. 아니면 염색을 포기하시던지."

말을 뱉고 나니까 조금 미안스러워졌다. 나는 역시 찬물을 끼얹는 데는 전문가 수준이다.

"음, 커피 맛 좋은데."

다행이도 동생은 여전히 좋은 표정이다.

"애! 너의 신랑 불러내서 같이 마시면 더 좋을 텐데!"

뜨거운 커피가 식기를 기다리는 동안 내가 한 말이다.

"언니! 나도 이젠 좀 언니처럼 편하면 안 되는 거야? 그 사람도 날더러 30년 동안 의무를 다 했으니까 권리를 찾으라는데. 내 인생 그래 봐야 기껏 10년이나 남았겠냐구."

세 살 터울인 막내 동생의 말버릇이다. 나는 겨우 한 모금의 커피를 마시고는 제 정신이 든 듯 동생의 비위를 살짝 맞춘다.

"나도 좋다. 내가 가장 좋아하는 낮익은 비가 내리는 날에 이 정도면 좋지. 꼭 이 나이에 사춘기를 해야겠어? 사춘기는 무덤 가서라도 한다더니 정말 대단하다. 한 가지 말해 주겠는데, 인생에는 불행한 것이 두 가지 있대. 가지고 싶은 것을 못

가져서 불행, 가지고 싶은 것을 가져서 불행!"

이렇게 말을 한 나는 커피 잔을 입으로 가져가면서 동생의 눈치를 본다. 동생도 한동안 나를 흘끗흘끗 바라보면서 한 모금씩 커피를 마신다. 드디어 본론에 이르려는 듯 적극적인 몸짓으로 나를 홀린다.

"언니, 이거 읽어 봐. 그 사람이 어젯밤 11시에 카톡으로 보낸건데……."

동생이 셀폰을 내 가까이 들이대며 말했다. 그 순간 동생 얼굴의 표정근에 주름들이 총동원된다. 너무 진하게 웃는 탓에 주름만 늘겠다 싶어 걱정이지만 뭐 어쩌랴. 화색은 좋아졌으니까.

"너, 나 잠든 동안에도 연락했냐!"

나는 옆 테이블의 한국 사람들 때문에 나직이 이야기를 하려고 애를 쓴다.

"열흘 정도만 전화기 멀리 숨겨둬 봐! 너 자신도 못 찾을 정도로 깊숙이 말이야!"

계속되는 잔소리에 동생이 참을 리 없지.

"열흘만 전화 안 받으면 그 사람 당장 미국으로 달려올 거야. 꿈에도 불가능했던 고목에 꽃이 피었다고 좋아하는 사람을 어떻게……."

"고목에 꽃이 아니라 독버섯이다! 착각하지 마. 어제 너희들 오고간 카톡 읽어보니까 너, 완전 황진이 이상이야. 서경덕을 꼬이던 글보다 더 진해. 그 사람도 그래, 사랑이란 말 안 쓰고도 마음 가득한 표현이 얼마든지 있었을 텐데 얼마나 가볍고 궁색하면 우리의 사랑 어쩌고 쓰냐? 아, 정말 언어는 공해야. 그만 뒤라, 응!"

내 음성이 조금씩 높아지고 빨라진다.

이곳에는 실내음악이 없다. 멜로디가 흐르고 있었다면 동생은 옛 추억에 불을 붙일 테니 말이다. 그들의 연애가 시작된 건 우리가 국민학교라고 부르던 시절의 교내 합창단에서부터라고 했다. 동생은 반주를 하고, 그 애는 독창을 했다고 말해 준 기억이 난다. 노래를 부르다가도 피아노를 치던 여자애와 얼굴이 마주치면 가사를 몽땅, 까맣게 잊어버리던 애라고 했다. 그런 날들을 둘은 서로 잊지 못하고 있다.

"언니가 무슨 말을 해도 안 들려. 위로가 안 돼. 카톡 읽어 봤잖아. 뒤돌아 봐도 언제든 그 자리에 서 있는 소나무처럼 기다려 줄 걸, 하고 먼저 결혼한 걸 후회한다잖아."

"그래도 먼저 찾아내고 연락한 건 너야."

"그건, 내가 오랜만에 서울에 갔더니 동창들이 벌써 몇이 세상을 떠났기에 생사나 알까하고 친구에게 소식을 물었던 건데, 이렇게 둘 다 중증으로 변할 줄은 몰랐잖어."

"늦은 길에 좀 더 있다가 소식을 묻지 그랬어. 죽은 뒤였으
면 무덤에 가서 인사를 하는 건데 너무 일렀구나. 모든 진실은
죽은 뒤에나 아는 거야. 난 사라진 사람만 믿으니까. 독일에서
는 괴테와 니체의 무덤을 찾아 갔고, 러시아에서는 톨스토이
와 도스토예프스키의 무덤을 찾아 가느라 두 번이나 갔었고,
영국에는 유능하고 고상한 처칠이 살던 집엘 갔었고, 파리에
서는 고흐 형제의 무덤에 갔었고, 그리스에서는 소크라테스의
감옥을 보고나서 크레타 섬까지 가서 카잔차키스의 묘비명을
확인했지. 가장 아름답다는 인도 왕비의 무덤인 타지마할도
돌아보고. 종교에 구별을 두지 않고, 이념에 구별을 두지 않
아. 내가 애는 안 낳았어도 애기들도 예쁘고, 젊은 아이들 길
에서 서로 꺼안고 좋아하는 것 보면 다 예뻐. 자신의 안일을
목적으로 부정축재한 권력자는 돈이 목적이었기 때문에 용납
못하지만, 사랑 때문이었다는 화냥년은 이해할 줄도 알아. 그
러나 상처를 주는 건 죄악이야. 다 잊어버리고 조용히 살던,
불과 몇 달 전으로 돌아가라!"

동생은 커피를 길게 마신다.

"커피가 사약이라도 되냐! 왜, 그 사람 남 준 것 같은 기분이
라 억울해? 그러면 둘 중에 하나라도 끝까지 독신으로 있었어

야지. 할 짓들 다하고 이제 와서 무슨 첫사랑?"

"서울 시향에서 오라고 했을 때 들어갔어야 했는데, 다 결혼을 서두른 애 아빠 때문이야……."

"누구 때문이라고 말하는 사람은 끝이 좋은 거 못 봤어. 나도 사람 원망하자면 나부터 원망해야 해. 선배 소개로 서른 바로 전에 마지막 선을 봤었어. 어떻게 알고는 내 생일에 기숙사로 붉은 장미 백 송이를 보낸 남자였는데, 얼마나 적극적이고 열정이 대단한지 불행하게 될까봐 겁이 날 정도였지. 오래전에 티브이에서 그 사람을 봤어. 누가 마누라가 되었든 잘 살거야. 좋은 사람이었는데, 내가 반응을 안했던 게 일생에 가장 후회하는 것 중 하나야. 그때 그 사람이 날마다 보낸 편지들을 얼마 전까지만 해도 가지고 있었는데, 나 죽으면 치우는 사람한테는 모두 쓰레기일 뿐이니까 내 손수 다 버렸지. 지금 어느곳에 살고 있는 거 알아도 절대 연락 안 해."

먹먹한 가슴의 말이다.

"근데 넌, 정말 대단하다. '사랑은 아무나 하나' 라는 유행가 제목이 생각나네. 아프면 혼자 아파해. 그 사람 마누라 생각해서."

마주보고 있는 동생의 얼굴에는 이 나이에도 막내다운 순진한 모습이 보인다.

"그 여자만 생각하면 울화가 치밀어. 그 여자 죽으면 나, 그 사람하고 재혼할 거야!"

"겁도 없다. 마누라가 너보다 젊을 거고, 더 예쁠 거고, 뭐든 입맛에 맞게 없는 살림에 몇 십 년을 애지중지 살았을 텐데, 그 자릴 넘봐? 그 사람 결혼생활이 불행했으면 벌써 너를 찾았을 거다. 너는 이미 패배자야. 그 집안의 파멸을 바라고 있는 너는 이미 죄인이다."

"언니, 그렇게 매도하지 마. 나도 어떤 때는 끊어 보려고 했어. 그러면 그 사람이 자기의 진실이 통곡을 한대. 나한테 또 뭐랬는지 알어? 너는 나 이상의 나래."

동생의 되풀이는 애절하지만, 나의 심술도 만만치 않다.

"그거! 폭풍의 언덕에서 히스클리브가 케서린에게 한 말이 잖아. 내가 뭐랬어? 너희들은 수가 달라서 안 돼! 그 사람은 이제 할 일이 없어서, 무위도식하면서 너에게 카톡이나 하다가 마누라가 집 비우면 그때 전화질하는 거야. 남자는 아무리 부인하고 행복하게 살아도 첫사랑은 못 잊는 거란다. 여자는 결혼이 행복하면 첫사랑을 잊는데. 그럼 너는 뭐냐? 이 나이에."

동생은 고개를 숙인 채 대답을 피한다.

"너, 다음에 서울에 가서 그 사람한테 연락하지 말어. 첫사

랑은 만나는 게 아니래. 안 봐도 뻔해, 얼마나 늙고 초라할는
지?"

"나는 아무 것도 따지지 않아."

"하는 꼴들이 둘이 같이 결혼을 안 한 게 천만다행이야."

"머리 아퍼! 나, 커피 더 가져올 게. 언니도 한 잔 더 할래?
두 번째는 공짜야."

"난 싫어!"

동생이 컵을 들고 일어나자 나는 다시 바깥 풍경을 내다봤
다. 벌써 비는 멈췄고, 하수구를 향해 기운 쪽으로 빗물이 조
금 고이기는 했지만 예상 강우량 5밀리가 채 안 되는 듯했다.
옆 테이블도 같은 사람들이 아직까지 앉아 있다. 그쪽으로 귀
가 열린다.

"그 비싼 전기 자재들을 믿고 밀어준 건데, 그때 밀린 공사
비 한꺼번에 받았을 때 약속대로 재료비를 청산하고 일이나
열심히 했으면 좋았을 걸 그랬어. 그 돈으로 교주가 되어 보려
고 교회를 샀으니 축복받을 게 뭐야. 몇 명 안 되던 교인도 다
떠나고 월세 못 내니까 옷 가방만 챙겨들고 나와서 하숙 신세
라니……."

이 사람은 자신이 실수한 인간적인 배신과 결과를 솔직히
털어놓는가보다. 자백할 줄 아는, 대단한 인간이란 생각이 든

다.

"이제 슬슬 일어들 나시지? 어제 하던 일 마무리하러 가자구!"

대장의 말인지 네 명 모두 각자 마시던 컵을 챙겨들고 일어섰다. 바람은 여전히 불고 아스팔트는 빠른 속도로 젖은 물기를 날려 보냈다. 비가 내리던 시간에 비하면 훨씬 짧은 시간 안에 대지가 군데군데 마르고 있다. 오월 하늘의 따뜻한 바람 덕이다. 비와 바람이 따로 헤어지니까 아쉬운 바람의 힘이 두세 배가 되는가보다. 바람은 모든 걸 서두른다. 서두르지 마라, 바람아. 흔들리는 잎들을 보렴. 부탁이다. 내 마른 눈물이 더 이상 사라지지 않도록, 바람아 서두르지 마라.

나는 정신을 차리고 맑은 유리창에 비친 희미해진 내 모습을 들여다본다. 그리고는 그 뒤로 동생의 모습을 찾는다. 동생은 다시 줄을 섰다. 줄은 전보다 짧아 보인다. 그 사이 옆 테이블에는 네 명의 남자들이 나가고 히스패닉인 젊은 남녀가 커피와 아침식사를 하고 있다. 나는 이 모든 실내의 풍경을 여전히 유리창을 통해 보고 있다. 실내에는 전혀 관심이 없는 듯이 눈을 밖으로 향한 채.

동생이 한 손에 커피를 들고 온다. 일행처럼 두 사내가 뒤따른다. 나는 고개를 돌려 동생과 그들의 실물을 확인한다. 가까이 다가온 동생의 표정은 더욱 밝아졌다.

"언니, 작년 1년 가까이 우리 집 공사해주신 분들이셔. 빈자리가 없어 서 계시길래 자리 있다고 했지. 괜찮지?"

나의 대답은 기다리지도 않고 동생은 우리의 앞자리를 권한다. 자동으로 동생은 아까와는 달리 내 옆자리를 택해 앉는다. 모두가 자리에 앉고나자 내 앞쪽의 군청색 낡은 모자를 쓴, 시커멓게 그을린 사내가 인사를 한다.

"실례합니다!"

모자는 물세탁을 많이 한 탓에 작아진 듯 깊이 눌러 쓴 모양이 어색하다. 거기에다 모자가 젖어 있는데도 벗지 않는다는 것이 필시 대머리일거라는 생각이 든다. 나는 대답대신 두 사람을 향해 고개를 끄덕였다. 그러자 동생과 마주 앉은 정장을 한 사내가 동생에게 말을 건넨다.

"여사님, 예전보다 젊고 좋아지셨는데요."

사내는 주변을 의식하지 않은 채 힘이 들어간 목소리다. 동생이 답례를 하기 위함인지 입을 연다.

"선생님이야 말로 좋은 일 있으세요? 작업복이 아닌 양복을 입으셨네요."

사내는 기다렸다는 듯이 만면에 희색을 띠며 말을 잇는다.

"인생은 후반부가 좋아야지요. 술술 풀리고 있습니다."

모자 쓴 사내가 말을 보태려는 듯 마시던 커피 잔을 서둘러 내리고는 입을 연다.

"이 사람 재혼을 아주 잘 했어요. 공사하다가 고깃집 하는 여사장을 만났거든요."

이 말에 양복 입은 사내가 성급히 끼어든다.

"골프나 치고 구경만 해도 되지만, 막상 하려면 한도 없지요, 뭐. 직원 관리도 해야 하고 소모품도 사다 줘야 하고, 뭐 인생 뻔한 것 아닙니까?"

도인인척, 아이들 장난감 자랑하듯 늘어놓는다. 차라리 '어른이 되자면 이런 일 정도는 해야지요' 하고 소년처럼 말했더라면 좋았을 걸.

오래 전에 읽은 『노인과 바다』의 구절이 이 순간 왜 떠오른 걸까. '고기는 우리만큼 영리하지는 못하지만 우리 인간보다 더 고상하고 유능하다'는 노인의 말도 생각난다. 그 노인 같이 고상한 사람이 죽고 없다니.

동생은 다시 채워온 커피가 아까운 듯, 입술이 거의 커피 잔에 붙어 있다. 대화가 뜸한 사이, 잠시도 지루하다는 듯 내 앞에 앉은 모자 쓴 사내가 호기심 가득한 눈으로는 나를 흘끔거리며 동생에게 말한다.

"혼자 사는 분 있으면 날 좀 소개해 주시죠."

말을 끝낸 모자 쓴 사내는 머쓱한 표정으로 커피 잔을 입으로 가져가고, 동시에 답변을 해야 하는 동생은 잔을 내려놓고 마치 시소 게임 같은 풍경이다.

"요즈음 여자들이 재혼하려고 하나요. 옆에 있는 제 언니부터도 아예 독신주의인 걸요."

동생은 언제부터 이렇게 구차스럽게 늙어버린 걸까. 집은 몇 년 전 방문했을 때 비하면 카펫을 걷어낸 마룻바닥에서부터 부엌의 마블이며 새 페인트에 지붕을 포함한 외관까지 새 집이 되어 있었지만, 이건 아니다 싶었다.

이번엔 양복 입은 사내가 말을 잇는다.

"아이쿠, 형님! 꿈을 잘 꾸셨나 봅니다. 이 형님이 혼자인 지가 몇 년 되었는데 달라고 손 벌리는 자식도 없고 두 분만 행복하시면 됩니다. 여사님, 잘 주선해 보세요."

점점 못 봐줄 상황이 되어간다.

"문패는 있으십니까?"

어이없게도 모자 쓴 사내가 나를 향해 무자비하게 쏟아낸 독설 같은 질문이다. 순간 뒤통수를 얻어맞은 기분이다. 동생 체면 때문에 당장 일어설 수도 없고 낭패다. 저 나이에, 저러고 싶다니. 나는 화가 나면서도 한편 속으론 코웃음이 나왔다. 내가 아는 그 노인은 정말 훌륭했다. '고기를 잃은 탓에 배도 그 만큼 더 가볍게 잘 달리고 있거든' 하고 말하던 노인.

이 자리가 내게는 한심스런 봉변이어서 이쯤에서 동생이 일어나 줬으면 싶은데, 또 입을 연다.

"언니는 학교에 오래 있어서 연금은 좋은데 돈은 못 모았어요. 여행을 워낙 좋아해서 세계를 다 다녔거든요. 그것도 묘지만 찾아 다녀요."

점점 더 어이없는 건 대답하는 동생이다. 화가 솟은 나는 왼발로 동생의 오른 발을 꾹 밟았다.

"커피 더 가져다 줘?"

동생이 나의 옆얼굴을 흘끔 보며 한 말이다. 눈치 하나는 빠르다는 듯, 모자 쓴 사내가 일어서며 내 잔 쪽에 손을 내밀면서 "제가 가져다 드릴까요? 저도 다시 채우러 가는 길이니까." 라며 자신만만하다. 나는 대꾸조차 아까워 고개를 살짝 흔들고는, 세상 맘대로 안 되지 하고, 두 손바닥으로 컵을 꼭 쥐었다. 모자 쓴 사내는 무색해진 손을 옆으로 옮겨 자기 친구의 컵을 가져간다.

"아무 거나 다시 채워다 주지."

모자 쓴 사내가 자리에서 일어나면서 다른 사내에게 영수증 챙겨가는 것을 잊지 않는다. 항상 해오던 관례처럼 보인다. 남아 있는 사람 모두 잠시 말이 없다. 나는 유리창을 통해서라도 동생을 째리기 위해 고개를 완전히 돌리고 화난 얼굴을 짓고 있다.

문패? 참 오랜만에 들어보는 말이다. 그것도 만리타국에서라니.

'행운이란 여러 모습으로 찾아오는 건데, 누가 그것을 알 수 있단 말인가? 어떤 모습으로 나타나든 그것을 좀 얻고 싶구나.' 하던 노인의 말이 떠오른다. 노인이 얻으려고 한 행운은 이런 게 결코 아니었으리라. 나는 씁쓸한 나머지 고개를 돌려 다 식어버린 시커먼 커피를 한 모금 길게 마신다.

두 잔의 커피는 생각보다 빨리 왔다. 새치기를 했나보다. 모자 쓴 사내는 술이라도 마시듯 앉자마자 속도를 냈다.

"아침식사는 하셨어요?"

또 한심한, 내 동생의 배려 섞인 말이다.

"아침부터 욕을 실컷 먹어서 배부릅니다."

빈 속에 커피를 두 잔씩이나 마신다는 것을 눈치 챈 동생의 질문에 모자 쓴 사내의 대답이다.

"무슨 일이 있으셨어요?"

동생은 끈질기다. 그러니까 이 나이에 하루에도 몇 번식 카톡을 주고받지 싶다.

"지난달에 루핑 공사를 해 줬는데 비가 샌다고, 여사님 만나기 조금 전에 어떤 여편네가 전화 와서 지랄을 치더라구요. 현장을 떠나면 전화번호를 바꾸는 이유들이 있어요. 요즘 일이 없어서 공사비도 싸게 해 줬는데, 어쩌라는 거야. 서울서 내가 잘 나가던 때는 수백억짜리 공사를 하면서 높은 놈들하고 나눠 먹고도 탈 없이 잘 살았구만, 작은 걸수록 말썽이라니까. 그때 같으면 쳐다보지도 않았던 일을. 에이, 커피나 한 잔 더 마셔야겠어. 여사님 안 쓴 영수증 있으세요?"

"네, 언니 걸로 한 잔 리필할 수 있겠네요. 이걸로 하세요."

"고맙습니다."

사내는 가벼운 빈 컵을 들고도 자리에서 힘들게 일어났다.

'처음엔 빌리지만 나중에 구걸하게 되거든' 카페에서 외상 커피를 가져오던 소년에게 노인이 한 말이 또 생각났다.

석 잔째인가보다. 모자 쓴 사내가 커피 잔을 천천히 조심스럽게 들고 온다.

"이 형님은 커피가 주식일 정도예요. 내가 커피숍을 하는 여자를 만났더라면 형님에게 전용 테이블 하나를 내주는 건데."

"아니. 그만하면 됐어. 내가 술 좋아한다고 어제 저녁에 술자리를 만들어줬으면 아우 노릇은 충분히 한 거야. 가만 있어봐. 나라고 항상 이렇게 살라는 법 있어? 작년에 공사하다가 개한테 물린 거 아직까지 후유증이 심해서 일을 못한다고 했거든, 해결되면 묷돈 좀 들어올 거야. 보험회사하고 합의 보기로 했으니까. 그 돈 나오면 내가 이런 맥도날드를 하나 차리지."

모자 쓴 사내의 호기스런 말투다.

사람의 복은 입으로 들고 난다는 걸 다시 한 번 느낀다. 좋은 일은 입빠르게 말하면 그대로 안 되는 수가 있다는 것을 알고 있던 노인. 내 머릿속에서 자꾸 노인이 생각나는 것은 아마도 앞에 앉은 이 사내들도 그쯤의 나이가 아닌가 싶어서일 것이다.

동생과 두 사내가 무슨 이야기인가를 주고받고 있는 사이 나는 고개를 45각도쯤 돌려 유리창 너머를 바라보고 있다. 이제는 도로가 거의 말라 가고 있었다. 초록빛이 왕성한 나뭇잎들이 뒤엉키듯 쉬지 않고 흔들렸다. 하늘은 여전히 흐려 있다.

얇은 유리창 하나를 사이에 두고 한쪽은 슬프고, 그 반대쪽은 아름답다는 게 믿기지 않는다. 나와 상관없는 세상은 항상 아름다웠다는 게 새삼스럽다. 갑자기 조금 커진 목소리는 나를 향한 소리라는 걸 알아들을 수 있다.

"무덤은 어디나 있는데, 꼭 그렇게 멀리 고생스럽게 비행기를 타고 각국을 찾아다니는 이유가 뭡니까?"

지금처럼 흉한 말이 오고가지 않는 곳이니까. 그래서 무덤을 순례하게 되었는지도 모르겠다. 커다랗게, 넓게 펼쳐진 모든 걸 체념하고 들어선 좁디좁은 자리. 사랑을, 미움을, 풀지 못한 오해를, 업적을, 실망을, 아픔을, 하고픈 말을, 마지막 하던 일을 다 잊고 땅속에 누운, 한 때는 왕성하고 튼튼하던 사람이었으나 지금은 단지 뼈가 묻힌 곳. 정녕 나는 왜 그런 묘지를 찾아다닌 걸까. 등에 짊어진 능력과 욕망을 한 순간에 버린, 아무 것도 없는 영원한 안식처니까. 이 세상에 아무 것도 바라지 않는 곳이 또, 어디 있을까. 무덤밖에 없다. 가장 자유로운 곳.

잠시 생각에 잠겨 있던 나는 대답대신 고개를 약간 돌려 표정을 거둔 차가운 눈빛으로 모자 쓴 사내를 잠깐 마주봤다. 얼굴에 커피 물이 들었는지 처음 보던 순간보다 훨씬 더 검게 느껴진다.

나는 다시 고개를 돌렸다. 비의 흔적이 말끔히 사라져 간다. 비를 한바탕 쏟은 바람은 이제 가볍고 따뜻한 춤을 추었을 것이다. 확실한 건 어젯밤 일기예보보다 훨씬 적은 강우량이었다는 거다. 인생도 예상과는 사뭇 다른 경우가 많다.

유리창에 비치는 실내는 손님들이 빠져나간 듯, 들어올 때 비하면 공간이 헐렁해진 분위기다. 시간이 꽤 흘렀나보다.

"먼저 가보겠습니다!"

말을 한 건 모자 쓴 사나이 같은데 두 사나이가 동시에 일어난다. 동생도 일어서려는 동작과 함께 나를 향해 입을 연다.

"우리도 일어나야지, 언니!"

나는 말없이 고개만 돌려 동생을 바라보며 발을 또 한번 꾹, 밟아 준다. 그러자 동생의 엉덩이가 살짝 주저앉는다.

"그럼, 또 뵙겠습니다."

동생은 엉거주춤 앉은 채 사내들을 향해 고개를 약간 숙이며 인사를 한다. 나는 아무 상관이 없다는 듯, 내 앞에 놓인 내 몫의 빈 종이컵 속으로 시선을 모은다.

"집에 손 볼 것 있으면 연락주세요."

모자 쓴 사내는 이 말을 끝으로 목례를 하고는 자리를 떴다. 옆 사내도 우리 둘에게 한꺼번에 하듯 "오늘 반가웠습니다!"라는 인사로 마무리를 하고는 이내 뒷모습을 보인다. 그들의 거리가 멀어지자 내가 꾹 참았던 입을 연다.

"미쳤어? 같이 따라 나가기까지 하려고. 네 이야기를 마무리하려고 기다린 건데 저 냄새나는 사내들은 왜 끌어왔냐?"

"앉을 자리가 없어서 서성이고 있잖아. 여기가 뭐, 우리가 전세냈어?"

동생 말이 아주 틀린 것도 아니고, 맞는 것도 아니다. 뭐든 애초에 정답은 없는 거니까. 하지만 거의 한 시간이 넘도록 벼르고 있던 말은 해야지 싶다.

"그럼, 너라면 잘 알겠다! 여자는 이해되어야 할 존재가 아니라 사랑 받아야 할 존재라는 말 말이야. 오늘에서야 그 말이 이해가 돼. 긴 세월 그 말뜻을 몰랐다가 너에게 오늘 충분히 배웠다. 그 작자 때문에 너 많이 변했어. 빨리 끝을 내!"

"언니는 왜 그렇게 네거티브하게만 생각해. 우리 사인 그런 게 아냐. 엄마, 아버지, 언니, 오빠들, 우리 가족 다 바빠서 나 신경 써준 일 없잖아. 그 어린 4학년 때 내가 그 애를 가족이라고 생각했었던지 학교에서 손톱 깎아달라고 조르더래. 담임 선생님도 보는 앞에서 말이야. 우리가 나눈 이야기를 시로 써서 고등학교 문예지에 당선됐던 글을 아직도 가지고 있대. 대학 때 자취하던 집 주위를 뱅뱅 돌면서 내 이름을 부르던 기억이 나. 방학하고 집에 내려가던 날, 뜻밖에도 서울역에서 내 이름을 크게 부르던 소리도 생생해. 그때, 언니가 옆에 있다는 걸 알고 도망갔지만…. 또 다시 버스 안에서 우연히 만난 우리는 둘 다 강의를 빼 먹고 온 종일 걸었어. 얼마나 걸었는지 서울을 한 바퀴 돈 것 같았어. 난 그 애가 하도 쫓아다녀서 항상 기다려 줄줄 알았어. 내가 대학원을 간 게 우리를 갈라놓은 거야. 그 애는 아직 학부도 끝내지 못하고 막노동을 하고 있었는데…. 그때 20년 동안 응어리진 것, 마음의 편지를 했다는데 난 못 받았어. 나를 데려올 자신이 없다는 말을 썼다는데…. 그게 우리들의 한이야."

나는 동생과 함께 자취하던 그 시절을 어렴풋이 생각해 냈다. 그때 내 손에 들어 온, 읽고 나서 찢어버린 동생 편지도 기억이 났다. 나는 질투랄 정도의 신랄한 말이 목에서 부글부글 끓어올랐다.

"지랄들 치고 있네! 이제 지구를 한 바퀴 같이 걷지 그래?"

말이 이렇게 튀어나온 순간 이 말을 뱉은 나조차 놀랐다. 기숙사 창문을 뛰어 넘던, 한참 말썽부리던 피 끓는 학생들에게도 써먹을 수 없는 말이다. 늙었다는 표시를 꼭 이렇게 해야 하는 건지. 나는 약간 높아진 톤이 어색해 이왕지사 동생의 허를 찌르기로 한다.

"둘이 그 정도 좋으면 먼저 너 신랑하고 이혼부터 해야 하는 거 아냐?"

조금 전과는 달리 옆 테이블에서 우리말을 못 알아듣는 게 내게는 큰 도움이 되었다. 엘에이 오기 며칠 전에도 국제전화로 동생의 하소연을 들을라치면, 나는 그래도 신랑이 너의 빽인 줄 알아, 라고 바른 소리하듯 하곤 했었다. 사실 가정적이고 완벽한 사람은 아니지만 말이다. 은퇴 후로는 사별하고 혼자 사는 형님 집에서 책과 바둑 삼매경에 빠져 있다. 30년이 넘도록 같이 가꾸고 살던 집에 마누라 혼자 두고 돌아올 줄 모르는 사람이다. 그나마 어제는 내가 왔다고 태연히 얼굴을 비쳐 반갑기는 했으나 한편 밉기도 했다. 그래도 아직까지 우리 내자, 우리 내자는요, 하며 아내를 표현하는 그 점잖은 모습이 믿음직스러웠다. 그런 까닭에 나는 목소리는 낮추면서도 말 내용은 강도를 높였다.

"너, 신랑이 이혼을 안 해 주면 가출신고를 내든지 사망신고를 해버려. 그런 후에 그 사람하고 잘 해봐."

나는 오래전 학생들 앞에서처럼 표정을 전부 거두고 마음에도 없는 말을 입술만으로 지독하게 지껄였다.

"언니가 생각하는 것처럼 우린 그런 게 아니라고 몇 번을 얘기해야 알겠어. 일하면서 대학을 마치느라 9년 만에 졸업했대. 그래도 결혼은 사랑하는 사람하고 했어야 하는 거였다고 후회하나 봐. 요즈음은 붕 떠서 이런 황홀한 기분이 처음이래잖아."

그쯤에서 나는 말을 잘랐다.

"감상에 젖지 말어. 말 타면 하인 부리고 싶고, 그 다음엔 가마타고 싶고, 변하는 게 사람이야. 아름다운 관계 좋아하지 마세요. 그 나이에도 사랑을 믿어? 늙는다는 건 변화하는 거야. 체념도 할 줄 알고……."

동생도 내 말을 자른다.

"언니는 내가 전화할 때도 항상 그런 식이야."

"너, 있지. 말이란 게 하면 공허고 유치해지는 거라고 생각해서 말을 안 하고 싶지만, 몇 십 년 썩힌 내 이야기해줄까? 내가 왜 선도 안 보고 칠십 넘도록 혼자 살게 됐는지?"

폭탄 같은 내 말이 끝나자 동생이 경악하듯 나를 정확히 응시한다.

"말해봐! 들어줄게."

눈빛은 나를 봤지만 조금 전 같은 들뜬 음성은 아니다. 나는 고개를 약간 숙이고는 조심성 있게 말을 시작한다.

"너, 공부 더 하겠다고 미국 가고 난 뒤야. 내가 기숙사에 취직하고 나니까 여기저기서 선이 들어오더라. 중매한 사람이 뭐라고 했는지 몰라도 상대는 내가 꽤 부잣집 딸인 줄 알았나 봐. 우리가 시골에 논밭하고 기와집 정도지 무슨 서울 부자들에 비하겠어. 첫 선을 보고 두 번째 만나던 날 그 남자 첫 마디가 뭔 줄 알아?"

나는 몇 십 년 전 이야기를, 한 자도 보태지 않으려고 정확한 기억을 끄집어냈다.

"무슨 차를 타고 오셨습니까? 이었어. 버스를 타고 왔다니까 안색이 확 변하더라. 난 그날 갑자기 머리 아프다고 차도 한 잔 안 시키고 나왔지. 그게 20대의 나의 첫선이었어. 그리고 얼마 후 또 한 사람의 기억은 좀 슬퍼. 뭣 때문이었는지 내 손등에 멍이 있었는데, 몇 번 만난 터여서 편하게 농담을 했다고 하기엔 내가 받은 상처가 너무 컸지. 그 멍든 손으로 성폭행했다고 나를 고소하면 돈 좀 벌수 있을 텐데요, 그랬단다. 그날은 식사중이라서 금방 일어서지도 못했어. 음식도 씹지 못하고 한참을 가슴속으로만 울었지. 내가 왜, 이런 자리에 있어야 하는가, 하고. 그 다음부터 남자가 아니, 사람이 무서워졌고 말 수도 줄인 채 쭉 혼자였지. 사람 사이도, 자동차처럼 거리가 필요해. 각자의 영원한 손님들처럼. 조화라는 게 쉬운게 아니잖아. 협주곡들을 연습하는 동안 잘 들어보면 알 수 있잖아. 너는 더 잘 알잖아."

동생의 두 눈을 마주보며 이야기하던 나는 시선을 돌려 창밖을 바라본다. 유리창이 거울이 된다. 유리창에 아무도 보지 못하는 투명한 웃음을 비춘다. 동생은 충격이었던 내 쓸쓸한 기억에 대해선 괴로운 감을 전혀 느끼지 못한 채 자신의 하소연만 하고 있다.

"언니! 나, 정말 너무 힘들어. 그래서 언니라도 오라고 한 건데……."

실제, 마른 눈물로 가슴 깊이 우는 건 나였고, 동생은 울음

섞인 소리를 했을 뿐이라고 나는 생각한다. 나는 유리창에서 빠져나와 앞에 앉아 있는 동생에게 설득과 협박을 반복한다.

"시가 뒤집히는 것이 인생이야. '그대가 옆에 있어도 나는 그대가 그립다, 가 아니라 그대가 옆에 있어서 나는 외롭다'는 건 생각 못해 봤어! 그럴 나이도 아니지만 네가 어디서 애라도 낳아 오면 이혼하자가 아니라 애를 길러줄 사람이잖아. 너의 신랑처럼 꿋꿋한 사람이 어디 있어? 너의 신랑이라고 첫사랑이 없으란 법 있어? 자기비판을 할 줄 모르는 게 지성인이냐?"

"난, 그런 거 몰라! 어떤 날은 그 사람 카톡 온 거 눈물이 나서 못 읽겠어!"

동생은 여전히 막내다운 끈기가 있다.

"여자는 호기심 때문에 결혼하고 남자는 권태로움 때문에 결혼한단다. 그리고는 결국 둘 다 실망한다는 거잖아. 나보다도 잘 아는 네가 왜 그러니? 바보가 따로 없다. 그렇게 외로우면 차라리 강아지를 한 마리 사서 길러! 말도 없고 좋잖니? 아니면 바람이나 쏘이고 마음 정리해. 나, 이번에 미국 온 길에 쿠바나 같이 가자! 헤밍웨이의 소설 현장인 노인의 오두막에도 가보고, 소년이 오르내리던 언덕도 걸어 보자. 두 사람의 단골이고 외상을 주던 카페에서 멋있는 바리스타가 만들어 주는 진한 커피 한잔 어때? 내 소원 안 들어 줄래?"

나의 말에 동생은 대꾸 대신 끝내 눈물을 보인다. 그 사람 생각을 하고 있겠지, 하고 나는 뻔한 생각을 끼워 넣는다. 동생은 내가 아는 것보다 많이 괴로운가 보다. 손끝으로 눈가를 닦아내는 모습이 차라리 귀엽다.

그때였다. 요란한 소리와 함께 불빛을 뿜으며 구급차가 맥도날드 주차장 입구에 도착했다. 실내에 있던 몇몇 사람들이 웅성거리며 문 바깥 쪽으로 나가는 것이 보였다. 우리는 놀란 채 그대로 앉아 있었지만 시선은 사람들이 몰려나간 주차장 쪽을 향해 있다.

"언니, 설마!"

동생이 외치며 벌떡 일어났다. 잠시 선채로 머뭇거리던 동생은 빠른 발걸음으로 바깥을 향해 걸어 나갔다. 가운을 입은 몇 사람이 서둘러 응급치료를 시도하는 몸짓이 보였다. 잠시 후, 환자를 들것에 싣고는 하얀 보를 씌우는데 그 끄트머리에 모자의 챙이 뾰족이 솟은 것이 보였다. 나는 얼른 고개를 돌려 창가를 내려다봤다. 비인지, 바람인지, 비바람인지, 그 힘에 견디지 못하고 떨어진 낙엽들이 아직 고운 빛깔이라는 것에 가슴이 아려왔다.

어디에나 주검은 널려 있다는 것을 잠시 잊고 산 나에 대한 경고다.

시차로 인해 졸음이 몰린다. 나는 은퇴하고 거의 10여 년 동안은 여행 중독증처럼 집을 비우고 살았다. 아침에 눈을 뜨면 '여기가 어디지?'라는 질문으로 침대 주변을 한번 둘러보는 것이 습관이었다. 오늘 아침에도 동생의 음성을 듣고 깨어나는 순간 '여기가 어디지?'로 하루를 시작했다. 여행 중에는 유독 꿈을 많이 꾸어서 잠이 모자라 피곤을 더욱 느꼈다. 70 인생, 60만 시간 중 잠으로 허비한 시간이 3분의 1. 아무튼 결코 짧은 시간이 아니다. 언제, 어디에서 멈출지 모르는 남은 시간…….

응급차가 급히 떠나는 것을 소리로 확인한 나는, 다시 고개를 돌려 테이블 위에 흐트러진 빈 종이컵 네 개를 포개 들고는 천천히 자리에서 일어나 한발 한발 쓰레기통을 향해 걸었다. ✿

— 『문학나무』 2014년 가을호

여기가 어디지

땅에 떨어진 나뭇잎이 물었다.

"여기가 어디지?"

"천국이야."

땅이 대답했다. 나뭇잎은 땅으로부터 와서 땅에게 돌아갔다. 이 현상은 사람이 천국에 이르는 길을 보인 것이나 진배없다. 사람도 어머니 뱃속에서 나와 땅을 기고 걷고 뛰다가 어느 날 영원한 잠이 부르면 누워 자다가 깨어 묻는 날이 오고야 만다.

"여기가 어디지?"

"하늘이야."

하느님이 대답했다.

이렇듯 소설가 최유혜의 이야기는 시작된다. 그가 창작한

중, 단편소설 일곱 이야기가 독자 마음에 떨어져 '여기가 어디지' 물으면 '마음밭이야' 하고, 그의 소설들은 마음이 피워낸 꽃을 들어 보인다.

「사랑을 찾습니다」

사람의 삶은 사랑 찾기 위한 여정이다. 그러나 결혼으로 사랑을 찾았다고 믿었는데, 다시 혼을 빼놓고 미쳐야 하는 사랑이 있다. 실존의 모순은 사랑이 사랑에게 칼을 꽂게도 한다는 이야기가 소설이 되는 까닭이 여기에 있다.

연상의 여자가 연하의 남자 마음에게 빠져 '여기가 어디지' 묻는 데서 이야기는 소설이 되고 있다. 소설은 하나만을 생각하는 생각의 어머니가 마음을 무너뜨려 무덤까지 끌고 간 삶을 보여준다.

오로지 '여기서도 당신 생각뿐입니다' 이생에서 내생으로 통하는 문을 여는 생각, 이 소설은 그 생각을 화두로 붙들게 한다.

「얼음의 형상」

태초의 말씀이 흙을 빚어 형상을 만들고 숨결을 불어넣어 사람이라 불렀다. 성경 말씀이다. 이 사람의 형상 위에 최유혜 작가는 다시 글로 얼음옷을 입혔다. 50대 이민 여인, 성연과 현주가 그들이다. 빙하 여행의 자연 앞에서 얼음옷을 벗는 두 여인의 생이 투명하게 묘사된다. 생이 얼음이 되고 물이 되고, 그 물이 순한 물이 되는 이야기.

형상으로 존재하는 모든 것의 원형질은 같다는 의미로 하나다. 사람의 껍질과 속을 통시성으로 보게 하는 작가의 눈이 따뜻하고 은은하다.

「그림자의 눈물」

나를 망친 사람을 만나 침묵하기. 그 침묵의 말을 독자는 읽습니다. 당신은 사람이 아니라 동물입니다. 나는 동물의 말을 배운 바 없어 당신이 들을 수 있는 말을 할 수가 없습니다. 그림자가 눈물을 흘리는 까닭이 여기에 있습니다. 그 실체는 도저히 눈물을 흘리고 싶어도 울 수가 없어 그림자가 대신 우는 처절하고 절박한 생의 이야기.

사람의 침묵 속에 신의 침묵도 함께하는가. 소설의 화두에 작가는 그림자가 눈물을 흘린다고 답합니다.

「짝퉁」

피는 붉다. 아니다. 피는 파랑일 수도 있다. 레즈비언의 피는 파랗다. 생리적 과학적 해석으로는 불가능한 가능도 있다. 성의 문제가, 아니 성 자체가 그렇다.

성장소설을 내포한 사람 실존에 빗장을 지르는 이야기가 소설 본질에 닿아 있다. 그냥 이야기에 신의 생각을 불어넣는 것이 소설이다. 신의 짝퉁, 이 허구가 최유혜 소설의 몽상적 구조의 리얼리티다.

귀신의 피도 있다. 여자가 여자를, 남자가 남자를 사랑하는 인습을 초월하는 사랑의 공식을 없다할 수 없다. 이 소설의 특장이 그것이다.

「먼 길」

생의 허무는 말할 수 없다. 말하면 더욱 허무에 빠지고 만다. 그래서 허무의 예술은 공명이 크다. 인간 정신사에 대해서 정의는 무한히 지속되고 있다. 그러나 그 정의는 신과 인간의 경계 중간 이야기에 불과할 뿐이다.

치매라는 정신질환에 대해서 사람의 일을 신의 소관으로 돌릴 뿐, 그 이상의 해명은 아직 과학으로는 미흡하다.

「변기」

이 악연은 인과응보다. 그렇게 생각하지 않는 고통을 이겨

내기 위해서 신앙의 주술이 생겨났다. 그러나 너무나 인간적인 주술은 주술을 낳을 뿐이다.

너의 변기적인 성이 나를 괴롭힌다. 보들레르는 조르주 상드를 변기라 폄하했다. 그러나 폄하의 표현은 오히려 보살적 평가를 낳았다.

변기는 적나라하기로 사실의 극치다. 예쁜 살, 단단한 뼈의 몸이 쏟아낸 오물을 받아 삼키는 변기의 입은 거룩하다. 이 악과 선의 통로는 화제로도 성속을 넘나든다. 한국 승려 중에 중광이란 화승이 있었다. 그는 황진이며 춘향을 변기로 풍자했다.

이 변기의 모든 내재율을 최유혜 소설은 생의 일상성에 대입한다. 따라서 이 소설은 일상성 묘사로 평범한 소이를 보여준다. 사람의 계산 방법, 그것은 선이면서 악이라는 소설적 연출기법은 변기의 기능으로 환치되는 묘수를 낳고 있다. 밥을 먹기 위해서는 서로의 엉덩이를 볼 수밖에 없다는 소설.

그런데 왜 독거미는 변기에 와서 죽었을까. 생은 이런 화두로 지탱되면서 그 화두의 답을 변기에 쏟아낸다. 아마도 그런 해석이라면 독거미의 생과 사는 소설의 화두이면서 그 화두의 답이 아닐까.

「여기가 어디지」

나뭇잎이 떨어지면서 리듬으로 말한다.

'여기가 어디지'

그렇듯 사람의 생도 나이가 들면 문득 '여기가 어디지' 하고 자신이 어디까지 왔는지를 묻게 된다. 소설은 이 존재의 무에 대해서 한 단면을 보여줄 뿐이다.

빈 종이커피잔을 구겨 쥐고 쓰레기통을 향해 걷는 소설의 종장. 냉정한 이성의 시선이다. 창작의 시선이 일반 시선과 여기서 차별화된다. 인간은 어쩌면 이 시사성의 한 단면처럼 생 자체를 쓰레기통에 버리려 온지도 모른다.

이렇게 최유혜의 소설은 꽃을 들어보였다. 독자가 웃을 차례다. 그러나 독자가 웃고 안 웃고는 독자의 몫이다. ✴